CHAJNANTOR

PATRICK LEHÉBEL

CHAJNANTOR

ROMAN

ANTIGONE14 Editions

24 rue de Pontoise – 75005 Paris

ISBN 978-2-37233-024-4

1.

Le soleil se levait sur San Pedro d'Atacama, dans un ciel d'une pureté absolue.

– Il va encore faire beau aujourd'hui ! se répéta Pascal Baüy.

Cette petite phrase, devenue rituelle à son réveil, l'amusait beaucoup. La sécheresse éternelle de ces étendues désertiques rendait la prévision météorologique aussi infaillible qu'inutile. Pascal était depuis quatre mois en poste à l'observatoire du Llano de Chajnantor, à une cinquantaine de kilomètres de San Pedro, et il n'avait pas encore vu tomber la moindre goutte de pluie depuis son arrivée.

Le radiotélescope du Llano de Chajnantor est situé à plus de cinq mille mètres d'altitude, sur le haut-plateau qui lui donne son nom, et que domine de son cône régulier le volcan Licancabur. La plupart du personnel de la station travaille au camp de base, deux mille mètres plus bas, mais Pascal, lui, s'occupait des paraboles à miroir liquide, tout là-haut. Il appréciait donc particulièrement la mission qui l'amenait ce jour-là à San Pedro, dont l'altitude n'est « que » de deux mille quatre cents mètres. Ici, on ne souffrait pas du mal d'altitude et on pouvait respirer à l'aise. De plus, la bourgade, grâce à une fréquentation touristique de toute l'année, offrait infiniment plus de distractions que la base astronomique, ermitage perdu sur les hauts-plateaux de la Cordillère des Andes. Et ce n'est pas la belle touriste suédoise rencontrée la veille au soir qui aurait dit le contraire.

Après une séance d'adieux avec la walkyrie, suivie d'un petit-déjeuner roboratif, à base de *pastel de choclo*, Pascal signa la note de frais de l'hôtel et se dirigea vers le 4×4 de fonction mis à sa disposition par le projet ALMA (*Atacama Large Millimeter Array*), son employeur. Comme il entendait le « Couic ! couic ! » émis par le véhicule lorsqu'il actionna le déverrouillage, il se demanda pourquoi les ingénieurs n'avaient pas encore pensé à installer une queue aux voitures, pour qu'elles puissent frétiller de joie à l'approche de leur maître.

S'asseyant au volant, il jeta un coup d'œil à la montre du tableau de bord :

– Ça va, j'ai deux heures !

Il avait l'habitude des solitaires de se parler à voix haute.

Le ruban d'asphalte, devant lui, attaquait les contreforts de la *Cordillera de la Sal*. Après le col, il aperçut une dizaine de guanacos, qui broutaient quelques maigres touffes de *paja brava.* Il en avait vu à chaque fois qu'il était passé là ; et à chaque fois il s'était fait la même réflexion, sur le miracle d'adaptabilité, et même d'obstination, que représentait la présence du vivant dans ces zones particulièrement inhospitalières.

Après cette rencontre, plus rien ne devait venir distraire Pascal jusqu'à Calama, sa destination. La route, sur le plateau qui sépare la *Cordillera de la Sal* de cette ville, ne forme plus qu'une seule ligne droite, de quatre-vingts kilomètres de long, au milieu d'un désert absolu. Pas le moindre brin d'herbe ni à gauche, ni à droite, que le bistre uniforme de la plaine, empoisonnée par les sels d'arsenic ! Seule la noria incessante des camions de borax, qu'il croisait à intervalles quasiment réguliers, venait rompre l'incroyable monotonie de ce parcours.

Une heure un quart après avoir quitté San Pedro, Pascal se garait sur le parking de l'aéroport de Calama. Le temps de prendre un café et de griffonner sur une petite pancarte : « Dr Tausend », et le vol de Santiago qu'il attendait était là.

Il alla se poster à la sortie des passagers, en brandissant sa petite affichette. Un interminable Allemand – il devait faire près de deux mètres – fines moustaches blondes, strictement cravaté, lunettes d'intellectuel sur le nez – qu'il avait également interminable – se dirigea vers lui ; la bouche de guingois pour ébaucher ce qui devait être un sourire.

– *Herr Tausend, ich annehme* ? s'enquit Pascal.

– Lui-même, répondit le voyageur en français, et pratiquement sans accent. Et je m'adresse sans doute au docteur Baüy ?

Qu'un Français n'écorchât pas son nom, c'était déjà rare, mais un Allemand ! Pascal avait été choisi pour aller accueillir Tausend parce que c'était l'un des seuls Français de la base à baragouiner quelques mots d'allemand, et il se trouvait en face d'un francophone consommé ! Il jugea moins ridicule de poursuivre dans sa propre langue :

– Euh, oui. Mais on ne m'avait pas dit que vous parliez si bien le français.

– Vous savez, de par ma profession, j'ai été amené à apprendre une vingtaine de langues.

– Une vingtaine ?! répéta Pascal, admiratif au dehors et peut-être un peu dubitatif en dedans… Puis, revenant de sa surprise :

– Mais laissez-moi prendre votre valise. Ma voiture est sur le parking.

Les deux « docteurs » se dirigèrent vers le SUV, Pascal traînant la valise, et Tausend sa grande carcasse dégingandée. À peine monté, l'Allemand, qui ne perdait pas de temps en vaines politesses – qui ne perdait pas de temps tout court – jeta un coup d'œil à sa montre suisse de haute précision, et entra sans ambages dans le vif du sujet :

– Bien, nous avons, si je ne me trompe, une heure de trajet. Vous allez peut-être en profiter pour me mettre un peu plus au courant de ce qui se passe ici ?

– Volontiers, volontiers… répondit Pascal, un peu surpris tout de même par la brusquerie de son passager. Mais, pour éviter de vous répéter ce que vous savez déjà, puis-je savoir ce qu'on vous a dit à Berlin ?

– Pas grand-chose, à vrai dire… Que vous avez capté un curieux signal en provenance de l'exoplanète HIP 56948g, et que vous avez besoin de mes lumières pour vous aider à l'analyser.

– Eh bien, vous en savez à peu près autant que nous. Ça dure depuis dix jours. Vous savez que l'étoile HIP 56948, sans le g, est considérée comme l'une des étoiles les plus semblables à notre Soleil. D'ailleurs ici, nous ne l'appelons que par son petit nom : *Sun Twin*…

– Oui, oui, bien sûr ! commenta le Dr Tausend, qui manifestait ainsi qu'il n'était pas là pour recevoir un cours de débutant en astronomie.

Pascal, un peu vexé, continua comme si de rien n'était :

– C'est pour cette raison que nous pensions, par analogie, que la possibilité de trouver une exoplanète susceptible d'abriter la vie était plus forte à proximité d'une telle étoile. Et c'est pourquoi nous avons mis le paquet sur la recherche d'exoplanètes gravitant autour de *Sun Twin*.

– Et vous en avez trouvé pour l'instant six, dont HIP 56948g est la dernière. Mais tout ça, je le sais, cher collègue.

Hartmut Tausend prononçait ce « collègue » avec une telle condescendance que Pascal pouvait légitimement douter qu'il le considérât véritablement comme tel… Il prit sur lui pour continuer d'une voix égale :

– Oui. Et cette HIP 56948g a des caractéristiques étrangement proches de celles de la Terre : même masse, ou à peu près, même période de révolution… Ce qui en faisait une « *Earth Twin* » de premier plan. Nous avons donc braqué les antennes de notre radiotélescope sur cette exoplanète, dans l'espoir – insensé peut-être – de détecter une activité électromagnétique anormale, qui signerait à coup sûr l'existence d'une forme d'intelligence aussi évoluée que la nôtre sur HIP 56948g.

– Et vous l'avez trouvée.

– Eh bien, oui et non… Disons que nous n'avons pas

trouvé ce à quoi nous nous attendions, ce que nous espérions, en tout cas, et que c'est la bizarrerie du signal reçu qui, en fait, motive votre présence ici.

– Bizarrerie ?

– Oui. Si nous regardions notre Terre depuis l'Espace, ou plus exactement si nous braquions sur elle un radiotélescope, comme nous le faisons actuellement pour cette *Earth Twin,* nous apercevrions une anomalie électromagnétique, en ce sens que nos radios, télévisions, téléphones, etc. feraient apparaître comme un foyer grouillant d'émissions radioélectriques. Or, ce n'est pas du tout ce que nous avons observé pour HIP 56948g.

– Mais vous avez tout de même capté quelque chose ?

– Oui, mais une seule émission, très nette, qui a donc dû être générée par un émetteur de très forte puissance, selon nos critères.

– Mais alors, ne serait-il pas possible qu'il s'agisse d'une émission naturelle, et que la planète elle-même soit l'émetteur géant ?

– Nous y avons pensé, mais ce n'est pas probable. Cette émission a une fréquence modulée et la richesse des variations évoque inévitablement une émission radio, telle que nous pourrions en produire nous-mêmes.

Un assez long silence suivit cette explication, rompu par Hartmut Tausend :

– Et vous êtres bien sûr que ce signal provient d'HIP 56948g ?

– Docteur Tausend ! répliqua Pascal avec véhémence.

Cette fois-ci, l'Allemand prenait vraiment les scientifiques d'ALMA pour des crétins, qui auraient confondu la radio locale avec un signal extraterrestre.

– Oui, oui, excusez-moi ! concéda Tausend, qui réalisait sans doute avoir été un peu trop loin.

Pascal, agréablement surpris par ces excuses, y répondit par un compliment :

– Et, étant donné votre réputation en cryptologie et linguistique, nous avons pensé qu'il n'y avait que vous pour juger si ce signal pouvait ou non s'apparenter à une forme de langage.

– Je ferai tout mon possible pour répondre à votre question.

Sur ces paroles, le cryptologue-linguiste ferma les yeux, semblant déjà se concentrer sur ce problème, qui n'allait pas manquer d'être épineux. Bien sûr, il venait d'accomplir un long voyage, de Berlin à Calama, via Madrid et

Santiago du Chili, et il pouvait légitimement être fatigué, mais Pascal trouvait qu'il était tout de même incroyable de se montrer si indifférent à l'impressionnante uniformité de ce paysage, qui défilait sans défiler, tant la route était droite et le décor identique à lui-même. Il essaya d'intéresser un tant soit peu son passager à ces à-côtés de sa mission, et lui fit les commentaires usuels sur le sel d'arsenic, la sécheresse et la stérilité totale qui découlait de ces deux facteurs.

Harmut Tausend, qui avait rouvert les yeux de mauvaise grâce, écoutait ces explications, qui ne le concernaient pas, d'une oreille distraite et fit juste la remarque suivante, lorsque Pascal eut terminé :

– Mais vous me dites que le ciel est toujours bleu ici ?

– Presque toujours. Depuis mon arrivée, il y a quatre mois, il n'est pas tombé la moindre goutte de pluie.

– Mais alors, quels sont ces nuages noirs, droit devant nous ?

– Des nuages noirs ?!

Pascal fixa l'horizon dans la direction qu'indiquait Tausend de son long doigt osseux, et poursuivit :

– Ah non ! Ce ne sont pas des nuages, ça ! Ce sont des fumerolles qui sortent du Licancabur.

Des panaches grisâtres s'élevaient en effet des pentes du volcan, dont le cône, du haut de ses six mille mètres, dominait l'horizon est, par-delà la *Cordillera de la Sal*. Pascal se dit alors que si l'Allemand était un expert en déchiffrement et en cryptanalyse, il ne devait pas l'être en météorologie, pour confondre ces émanations volcaniques avec un nuage atmosphérique. Toutefois, il reconnut :

– C'est vrai qu'elles sont particulièrement épaisses aujourd'hui !

Lorsqu'ils franchirent la crête de la sierra, les guanacos n'étaient plus là. Pascal en fut presque heureux : il aurait été sûrement heurté par l'indifférence que son homologue n'aurait pas manqué d'éprouver face à ce qui lui paraissait à lui si remarquable. Le col franchi, l'oasis de San Pedro leur apparut en contrebas, miracle de verdure au milieu de ce désert.

Le 4×4 traversa la bourgade sans s'arrêter, mais à trente à l'heure, vitesse maximum autorisée. Héritage du pinochétisme ? Influence de la forte immigration allemande au XIXe siècle ? En tout cas, on ne badine pas avec le code de la route au Chili. En passant, Pascal reconnut sa camarade de la nuit précédente, attablée à la terrasse d'un bar, et lui fit un grand bonjour.

– Vous connaissez cette jeune fille ? lui demanda le

cryptologue, fixant les formes plantureuses qui gonflaient son maillot et son short.

– Euh… Oui. Enfin très peu… Nous avons échangé quelques mots à l'hôtel hier soir.

Pascal ne mentait pas vraiment : la suite de leur échange n'avait pas été très verbale.

Un gros quart d'heure plus tard, Pascal confiait non sans plaisir son « paquet » au responsable du camp de base, où l'Allemand devait être installé, et continuait sa route vers les antennes paraboliques de l'altiplano, en entonnant à tue-tête : « là-haut sur la montagne, l'était un vieux chalet… »

2.

Chaque soir, le personnel d'ALMA affecté aux antennes redescendait passer la nuit au camp de base et, dans la semaine qui suivit, Pascal fut évidemment amené à revoir Hartmut Tausend. Ce dernier semblait s'être pris d'affection pour lui, soit qu'il s'attachât, comme les oisons de Konrad Lorenz, à la première forme vivante rencontrée, soit que, plus probablement, son caractère hautain lui ait rendu difficile la fraternisation avec les autres personnels du centre.

Ceci dit, il n'était pas très difficile de lui faire la conversation : il suffisait de le « brancher » sur le mystérieux signal, et il démarrait. En gros, ses recherches piétinaient, d'après lui parce que l'ordinateur de la station – un Fujitsu de deux pétaflops ! – n'était pas assez performant… C'était la première fois que Pascal entendait un tel reproche pour une pareille machine ! L'Allemand lui avait expliqué que la première chose à faire était de chercher des répétitions de séquences à l'intérieur du signal, par découpages et superpositions. Mais l'absence de tout renseignement quant à la longueur de ces séquences, et même quant à leur simple existence, faisait que l'ordinateur atteignait déjà ses limites dans cette tâche. Non pas que les deux pétaflops fussent saturés, bien sûr ! Mais les autorités de la station s'étaient montrées, d'après Tausend, bien pingres dans la taille mémoire qu'on lui avait allouée pour ses recherches. Quand on avait la chance d'avoir Hartmut Tausend en personne dans son équipe, on se devait de lui offrir les moyens de travailler ! Pascal tentait de défendre ses collègues, en rappelant à l'exigeant Tausend que, par son principe même, le radiotélescope du Llano de Chajnantor était très gourmand en flops, puisqu'on avait préféré à une gigantesque parabole le couplage de soixante-six petites paraboles à miroir liquide, et que c'était l'informatique qui assurait la cohérence des soixante-six signaux, et la reconstitution d'une « image » unique. Hartmut Tausend voulait bien l'admettre, mais alors son travail serait un travail de longue haleine, qui ne tiendrait pas dans les deux mois de la mission dont il avait été investi au Chili par la TU(1) Berlin…

Un soir que Pascal dînait en compagnie de Côme Abahoumba, l'un de ses collègues avec lequel il avait le plus d'atomes crochus – si l'on peut encore se permettre cette expression de Démocrite, s'agissant de physiciens du XXIe siècle – il vit surgir Hartmut Tausend, qui arborait un large sourire, ce qui était très inhabituel chez lui, et qui leur coupa illico la parole, ce qui était plus dans ses manières.

– *Ja*, collègues, je l'ai !

– La vérole ? lui demanda Côme Abahoumba, un petit Béninois pas très gâté par la nature, mais dont le cerveau ultra vif, qui l'avait fait sortir des bidonvilles de Cotonou « par le haut », compensait cette disgrâce.

Tausend, déjà habitué aux réparties politiquement incorrectes du petit Africain, dont il ne goûtait pas particulièrement l'humour, passa outre, s'adressant à Pascal :

– J'ai énormément progressé aujourd'hui ! J'ai réduit le problème de façon significative !

– De quelle façon ? s'enquit Pascal, avec un intérêt non feint.

– J'ai pu établir qu'à quelques irrégularités près, le signal est périodique, et qu'il se reproduit identique à lui-même toutes les six heures, cinquante-cinq minutes et onze secondes !

C'était effectivement un résultat, et Pascal le félicita sincèrement :

– Bravo Hartmut ! C'est remarquable !

– Et tout ça avec seulement quelques téraflops de mémoire ! renchérit Côme Abahoumba, dans un compliment à double tranchant.

Après lui avoir jeté un regard noir, l'Allemand continua :

– Bien sûr, je n'ai pas encore répondu à la question de savoir si ce signal est d'origine naturelle ou produit par une intelligence extraterrestre. Mais je compte sur votre compétence – et là, il regardait Côme avec insistance – pour me dire s'il existe où non des phénomènes physiques correspondant à cette période.

– On va y réfléchir ! promit le gnome du Dahomey, sérieux cette fois.

– Quant à moi, continua le cryptologue, je vais maintenant me concentrer sur ces sept heures de signal, ce qui me donne évidemment beaucoup plus de chances d'aboutir que devant un flux non périodique.

Les semaines qui suivirent virent l'humeur d'Hartmut Tausend s'assombrir, à mesure qu'il essayait d'extraire, puis de classifier des sous-suites répétées à l'intérieur du signal de sept heures qu'il avait réussi à identifier. Dans le même temps, Pascal, Côme et leurs collègues du projet ALMA alertaient la communauté internationale de l'astrophysique pour savoir si quelqu'un avait déjà rencontré, ou pouvait formuler une hypothèse sur un signal électromagnétique de périodicité six heures, cinquante-cinq minutes et onze secondes. La grande avancée qu'avait su réaliser l'Allemand s'avérerait-elle sans fruit ? Il faut peut-être préciser à sa décharge que les meilleurs spécialistes de linguistique comparée estiment quasiment nulles les chances de décrypter une langue inconnue sans sa « pierre de Rosette », c'est-à-dire une table de correspondance, même partielle, avec une langue de référence.

Tout au long de ces quelques semaines, de nombreuses secousses sismiques vinrent perturber la petite communauté. Les scientifiques présents sur le site, sauf peut-être les Japonais, habitués à ces manifestations telluriques, en ressentaient une sourde angoisse, gênante pour leur concentration. Bien que de faible amplitude, ces tremblements de terre avaient des effets importants sur les instruments de mesure ultra sensibles du Llano de Chajnantor. Pascal Baüy ne chômait pas, puisque l'un des objectifs de son travail était justement de pallier les perturbations induites par ces secousses.

Heureusement pour son humeur, déjà sombre, Tausend n'avait pas à souffrir de ces menus inconvénients, depuis qu'il travaillait désormais sur un enregistrement « nettoyé » de ses six heures, cinquante-cinq minutes et onze secondes, et non plus sur le signal direct. Ceci dit, la fin de sa mission approchait et, mis à part la périodicité du signal, il n'avait rien trouvé de significatif, et la question de l'origine de cette émission – naturelle ou issue d'une civilisation extraterrestre – restait aussi obscure qu'au premier jour…

Aussi, lorsque, ce samedi-là, qui devait être son dernier au Chili, Pascal et Côme l'invitèrent à descendre avec eux passer le week-end à San Pedro, il refusa tout net :

– Non, je reste ! Allez vous amuser si le cœur vous en dit : moi, j'ai à faire !

– O.K., répondit Côme. Tu viens, Pascal ? On va laisser Herr Doctor se branler sur son ordi.

Pascal, moins sévère, tenta de convaincre l'Allemand :

– Allez, Hartmut ! Ça te fera du bien de décompresser un peu ! Des fois, c'est comme ça que viennent les idées.

– *Ne* ! refusa le Berlinois. Ce signal m'obsède. Si c'est une langue, elle ne ressemble à rien de ce qui se parle ou de ce qui s'est parlé sur terre. C'est comme si je voulais peser quelque chose avec une règle graduée.

Sur ce, le cryptologue leur tourna le dos et claqua la porte de son bureau derrière lui. Il n'y avait plus à insister, et les deux compères partirent pour leur bordée à San Pedro.

Ils avaient leurs habitudes au Licancabur night-club, où les filles n'étaient pas trop farouches. Cela valait mieux, d'ailleurs, lorsque Pascal y descendait accompagné de Côme, qui n'avait rien d'un jeune premier. Il est vrai que son entrain et son sens de l'humour compensaient en partie son objective laideur. Au bout de quelques heures, copieusement arrosées de *pisco sour*, Pascal et Côme avaient réussi à accrocher deux touristes allemandes entre deux âges. *Pisco* aidant, elles riaient à gorge déployée des saillies du petit Africain. Il était en train de leur expliquer à sa façon qu'ils travaillaient avec un compatriote à elles, et Hartmut Tausend – les absents ont toujours tort – faisait les frais de l'ironie dévastatrice du Béninois. Il était en train de leur mimer le rictus qui tenait lieu de sourire à l'Allemand – cela prenait des proportions dantesques sur le masque du petit clown ! – lorsqu'il s'arrêta net, semblant pétrifié par la vue de la chaîne hi-fi qui hurlait derrière le bar…

Pascal allait lui demander ce qui lui arrivait, mais il n'en eut pas le loisir. Côme se leva et prit la direction de la sortie, laissant là collègue et Teutonnes sans autre forme de procès ! Pascal était habitué au comportement non conventionnel de son ami, mais là c'était tout de même un peu fort ! L'ambiance, cassée par le départ abrupt du boute-en-train, retomba définitivement et c'est seul que Pascal finit par prendre le chemin de l'hôtel, seul et à pied, car David avait visiblement utilisé le 4×4…

Il devait être six heures du matin lorsque la sonnerie du portable de Pascal le tira du sommeil dans lequel, lui semblait-il, il venait à peine de sombrer. C'était Côme !

– Allô ! Pascal ? C'est incroyable ! C'est formidable ! Rapplique tout de suite ici ! On a besoin de toi !

– Ici ? Mais où ? s'entendit répondre Pascal d'une voix pâteuse.

– Ah oui, c'est vrai ! Eh bien, à la station, chez Hartmut, cet excellent Hartmut !

Un silence suivit, pendant lequel Pascal cherchait à rassembler ses idées, qui affluaient peu à peu à son cerveau embrumé par le *pisco* et le manque de sommeil. Il finit par remarquer :

– Et comment je rentre, s'il te plaît ? Je te rappelle que tu as pris le Dodge.

– Ha ! ha ! Oui, c'est vrai ! Tu es à l'hôtel Caracoles ? Oui ? Ne bouge pas ! Je viens te chercher !

– Mais...

Trop tard, Côme avait déjà raccroché...

En attendant l'arrivée de son collègue, Pascal prit une douche, qui acheva de le réveiller. Moins d'une demi-heure plus tard, Côme Abahoumba était là, et entraînait

Pascal vers le 4×4, l'obligeant à laisser sur la table son *pastel de choclo* à peine entamé.

– Vas-tu m'expliquer, enfin, ton comportement ? attaqua Pascal, à peine assis dans le Dodge.

– Bien sûr ! Tu vas comprendre dans peu de temps pourquoi je suis aussi excité ! Ce qui nous arrive est proprement *incroyable* !

L'Africain avait insisté sur ce dernier mot avec toute l'énergie qu'il savait mettre dans son discours. Il poursuivit :

– Mais d'abord, il faut peut-être que je t'explique pourquoi je t'ai laissé en plan avec nos deux Allemandes ?

– Oui, d'abord…

– Eh bien voilà. Quand tu disais hier soir à notre cher Hartmut que c'est en décompressant que les idées peuvent te venir, tu ne croyais pas si bien dire !

– Tu as eu une idée ?

– Et fameuse ! Est-ce que tu te rappelles ce que t'a répondu Hartmut ?

– Quelque chose comme quoi le signal reçu d'HIP 56948g ne ressemblait à aucune langue connue…

Côme éclata de rire, concluant son hilarité par :

– Le connard ! Mais ce n'est pas à ça que je faisais allusion. Je veux parler de sa toute dernière phrase, avant qu'il nous claque la porte au nez !

Pascal se concentra sur cet instant et finit par répondre :

– Il a dit quelque chose du genre : « C'est comme si je voulais effectuer une pesée avec un double-décimètre. »

– Bien ! Il a dit, très exactement : « C'est comme si je voulais peser quelque chose avec une règle graduée. »

– Et alors ?

– Et alors, pendant que nous discutions avec ses deux adorables compatriotes…

– Enfin, adorables…

Le petit Africain pouffa, puis continua :

– Bref, mon regard est tombé sur la chaîne hi-fi qui nous assourdissait de disco.

– Oui, ça j'avais remarqué.

– Le disco ?

– Va au fait, s'il te plaît, Côme !

Pascal commençait à en avoir assez de ces digressions.

– Eh bien voilà. Les barrettes d'intensité qui oscillaient au rythme de la musique m'ont brusquement fait penser à la règle graduée d'Hartmut, et je me suis posé la question suivante : « Notre grand génie de Berlin a-t-il jamais eu la simple idée de brancher son signal sur la carte-son de l'ordinateur ? »

– Mais enfin, Côme ! Pourquoi voudrais-tu qu'il ait eu une idée aussi saugrenue ?

– Saugrenue ?…

– Eh bien oui, saugrenue ! À quoi ça nous servirait « d'entendre parler », entre guillemets, extraterrestre ?

– Saugrenue ? Tu vas en juger toi-même dans quelques minutes à la station.

Le regard de Côme était triomphant, transfigurant de manière incroyable son visage ingrat. Pascal comprit alors que son idée avait dû, contre toute attente, s'avérer payante ! Il suggéra :

– Le signal est dans une langue connue ?!

– Surtout de toi ! *C'est du français* !

Les deux comparses étaient arrivés au camp de base. Tandis qu'ils se dirigeaient vers le bureau de Hartmut Tausend, les idées se bousculaient dans la tête de Pascal. C'était donc l'Allemand qui avait raison, et ils n'avaient capté que Radio France Internationale ? Mais non ! Il était mieux placé que personne, lui, Pascal Baüy, pour savoir que ce signal provenait d'HIP 56948g, et de nulle part ailleurs ! Comment pouvait-on parler français à 217 années-lumière de la Terre ?! C'était plus qu'impossible ! Aberrant ! Stupide ! Il y avait forcément un bug quelque part…

Tausend n'était pas dans son bureau. Renseignements pris, il se trouvait avec Ambrosio Saavedra, le directeur de la station, dans une salle pompeusement appelée « l'auditorium ». Cette salle était destinée à abriter les rares spectacles organisés pour ou par le personnel, mais était en fait principalement utilisée pour y tenir des réunions. En tout cas, c'était elle qui était équipée de la meilleure sono de la station. Lorsque Côme et Pascal pénétrèrent dans l'auditorium, une voix grêle s'y faisait entendre, crachotante et grésillante, mais néanmoins parfaitement audible. Dans un premier temps, Pascal crut qu'il s'agissait du fameux message, mais, en tendant l'oreille, il s'aperçut que la voix s'exprimait dans une sorte d'anglais assez incompréhensible.

Dès qu'il aperçut les nouveaux venus, Ambrosio Saavedra coupa le son. C'était un Chilien assez âgé, distingué, barbichu, et qui parlait un français très correct.

– Cher Monsieur Baï, – il n'avait cependant jamais pu prononcer correctement le nom de famille de Pascal... – je pense que Monsieur Abahoumba vous a mis au courant de la situation ?

– Oui, mais il m'avait parlé d'une émission en français.

– Ah oui, il y a du français aussi. Et c'est pourquoi nous vous avons rappelé d'urgence. Ce dimanche, vous étiez le seul Français de la base joignable, et nous voulions vous faire écouter la partie française du message en espérant qu'elle soit plus compréhensible que la partie « anglaise », si on peut appeler ça de l'anglais...

– Allons-y, je suis prêt ! répondit-il à son directeur, très excité de savoir s'il allait pouvoir comprendre ce message, et encore plus curieux de découvrir si la clé du « bug » allait s'y trouver...

– Attendez-vous, Monsieur Baï, à une forte surprise. C'est quelque chose de très, très... extraordinaire qui nous arrive !

Sur cet exorde, devant ses trois collaborateurs plongés dans un religieux silence, Ambrosio Saavedra lança la lecture depuis le début, et voici ce que Pascal Baüy, médusé, entendit...

3.

« Au secours ! *Help! Socorro! Hilfe!*

« Mon nom est Anatoli Le Fur, et ce message est un appel au secours. [Silence grésillant...] Un appel au secours désespéré. [Nouveau silence...] Mais que puis-je faire d'autre ? »

– C'est bien un Français qui parle, confirma Pascal Baüy, abasourdi, à l'attention de ses trois collègues étrangers qui, bien que francophones, auraient eu peut-être plus de mal à en juger. Mais le mystérieux Anatoli Le Fur s'était repris et continuait :

« Le plus simple est peut-être que je raconte les choses dans l'ordre chronologique. Je suis né en 2084, dans ce qui était encore la France, et qui allait devenir le secteur W-Europe. À cette époque – mais ceux qui m'entendent le savent peut-être déjà : je ne suis pas sûr de ma visée... Je ne suis surtout pas sûr que quelqu'un m'entende jamais !... – la Terre comptait environ dix milliards d'habitants. Ça me fait tout drôle de dire ça aujourd'hui... Mais n'anticipons pas. Je ne veux pas que ce message dure trop longtemps, et surtout, je veux être clair. C'est pourquoi j'utilise ma langue natale, que personne ne comprend plus ici aujourd'hui, en espérant que je puisse tomber sur quelqu'un qui la connaisse et qui ne l'aura pas déjà oubliée. De toute façon, je répéterai tout ceci en esperanglish après… Tout en sachant que si mon message aboutit trop loin dans le passé, ou pas assez, il ne servira à rien… Qu'est-ce que je raconte ? La logique me dit que, de toute façon, il ne servira à rien… [Silence prolongé…] Mais que me reste-t-il d'autre ? [La voix se brisa, et suivit quelque chose qui ressemblait à des sanglots… Puis le narrateur se reprit :]

« Donc, j'ai vu le jour en 2084 à Saint-Nazaire. Saint-Nazaire ! Drôle d'époque, où les lieux étaient nommés d'après des saints ! Qui se souvient aujourd'hui de qui était ce Nazaire ? Même pas moi !… Autant dire personne ! Quelques siècles plus tard, cette ville allait devenir le quartier 6 de la conurbation F44. Mais j'anticipe encore… Tous ceux qui ont vécu avant le XXIIe siècle ne pourront pas comprendre que je sache ce qu'il est advenu plusieurs siècles après ma naissance. Ce sera clair, bien sûr, pour tous ceux qui sont venus après.

« Pour les premiers, je veux dire ceux qui n'ont pas connu les événements du XXIe siècle, il faut que je raconte brièvement ce qui s'est passé – excusez-moi, *ce qui va se passer*, pour eux. Il y avait déjà longtemps que la science génétique était née, et qu'on avait séquencé le génome humain, comme on disait à l'époque, ainsi que celui de nombre d'espèces vivantes. Mais la connaissance du fonctionnement de l'ADN et des mécanismes de l'évolution était encore très rudimentaire, ce qui ne changerait vraiment qu'à partir des années 2050. Les biologistes continuaient à idolâtrer le fameux Charles Darwin, qui avait prétendu au XIXe siècle que seules des mutations aléatoires, sélectionnées par le degré d'efficacité du phénotype correspondant, suffisaient à expliquer la diversité et la haute spécialisation du vivant. L'insuffisance de plus en plus manifeste d'une telle théorie, dès la fin du XXe siècle, ne suffisait pas à remettre en cause l'aura de Darwin, à tel point qu'on continuait à appeler néo-darwinisme ce qui, en toute justice, aurait dû s'appeler néo-lamarckisme. Mais les milieux scientifiques avaient tellement rabâché pendant plus d'un siècle que « Darwin avait eu raison contre Lamarck » qu'on ne pouvait pas virer de bord sans risquer de désemparer le peuple, et de décrédibiliser toute la science biologique. Mais je me laisse emporter…

« La génétique moléculaire était née, elle, au milieu du XXe siècle, avec les travaux de Crick et Watson, et la découverte de l'ADN. Et elle allait connaître un développement fulgurant pendant les cent ans qui suivirent. Dès la fin du XXe siècle, l'idée avait été émise que la longévité d'une espèce était commandée par un ou plusieurs gènes. Et, à vrai dire, dès lors qu'on savait que toute l'information génétique concernant un individu est contenue dans ses chromosomes, comment cette idée ne serait-elle pas venue ? Tout le monde peut constater qu'un chien est vieux à quinze ans, qu'un cheval ne dépasse pas trente ans, alors qu'une tortue géante atteint sans problème deux cents ans. Un éphémère, comme son nom l'indique, ne vit qu'une journée de sa vie d'adulte, pour se reproduire et mourir. Un séquoia géant vivra deux mille ans s'il ne tombe pas sous la tronçonneuse. Toutes ces longévités sont des données intrinsèques du patrimoine génétique de chaque espèce et leur disparité montre bien que la vieillesse n'a rien à voir avec une usure, au sens matériel, sans quoi il n'y aurait aucune raison que notre chien, constitué à peu près de la même manière que nous, vive sept fois moins longtemps. »

– C'est un vrai cours de génétique élémentaire qui nous parvient des astres, remarqua Hartmut Tausend. Où veut-il en venir ?

On sait déjà que la patience n'était pas la vertu cardinale du cryptologue allemand…

Le discours d'Anatoli Le Fur continuait :

« Pendant cinquante ans, cette question n'a pas beaucoup avancé mais les progrès du génie génétique, liés au développement des OGM – organismes génétiquement modifiés, si je tombe trop tôt… – ont permis de commencer à modifier des gènes chez les vers, les insectes, qui, en raison de leur très courte longévité naturelle se prêtaient bien à de telles études. On a ainsi pu multiplier par deux, par trois, par quatre, la longévité de certains de ces organismes. L'application de ces recherches à l'homme restait cantonnée à la mise au point de certaines thérapies contre des syndromes de vieillissement prématuré et contre l'apparition des stigmates inesthétiques ou inconfortables de la vieillesse.

« Un pas décisif fut franchi dans les années 2050 par Timéo Zorn, qui découvrit ce qu'il appela la série sigma, c'est-à-dire la cascade de gènes impliqués dans la longévité naturelle d'une espèce. Il montra surtout que le processus était identique dans toutes les espèces du vivant, y compris les plantes. Il résultait de cela qu'en théorie, si on remplaçait dans un embryon humain les gènes de sa série sigma par les gènes homologues du séquoia, on pourrait obtenir des OGM humains susceptibles de vivre deux mille ans et plus. Dès lors, le problème se posa : fallait-il tenter l'expérience ou pas ? Les techniques de manipulation génétique pour le faire étaient au point ; la question était juste éthique.

[Silence…]

« Éthique ! J'ai sous les yeux un article paru en ligne sur le site e-thics, à l'époque des faits. Paru en ligne ! Ça me fait tout drôle de dire ça aujourd'hui, où nous disposons d'ordinateurs qui auraient fait baver en ce temps-là, mais où plus rien ne paraît en ligne, et pour cause ! Mais j'anticipe encore…

« Je vous lis quelques phrases de cet article intitulé : « Contre les dérives des manipulations biotechnologiques », rédigé par un certain Jacques Calan, directeur du département de philosophie de la Sorbonne, et président du CESE, le Comité européen sciences et éthique :

> « Quand les scientifiques cesseront-ils leurs transgressions ? Et surtout quand les pouvoirs publics, à l'échelle de la Planète, cesseront-ils de suivre aveuglément quelques biologistes ivres de puissance ?
>
> « Les travaux du professeur Zorn, car c'est bien de lui que je veux parler, remettent une fois de plus en cause les frontières naturelles et malheureusement de moins en moins infranchissables entre les espèces. Mais, au-delà de la critique purement ontologique, ces « travaux » portent en germe une menace éthique dénoncée sans relâche par toutes les autorités morales depuis les premiers clonages humains eugénistes : ils mettent en cause l'identité de l'être humain car ils suppriment l'indispensable protection

contre la prédétermination de la constitution génétique de l'individu par une tierce personne. Étant donné qu'une recombinaison génétique naturelle est à même d'offrir à l'être humain une plus grande liberté qu'une composition génétique artificiellement remaniée, il est dans l'intérêt de chacun de conserver le caractère essentiellement aléatoire de la composition de ses propres gènes. Ce ne sont pas des êtres humains qui sortiraient des cornues des alchimistes, mais de la chair instrumentalisée, un avatar de l'évolution dévoyée et caricaturée par les eugénistes. »

« Merci pour moi... Je continue :

« Devant la pression des expérimentateurs, ayons le courage de ne permettre aucune concession. Notre silence coupable nous serait très légitimement reproché par les générations futures. Ayons le courage de dire que, au-delà des principes religieux que beaucoup de nos contemporains jugent peut-être aujourd'hui obsolètes, l'instrumentalisation de l'être humain par création délibérée de surhommes (de sous-hommes ?) génétiquement manipulés est contraire à la dignité humaine et constitue un usage impropre de la biologie et de la médecine.

« Il serait temps d'affirmer solennellement l'antériorité d'une pensée articulée et éthiquement responsable face aux tripatouillages d'apprentis sorciers irresponsables. »

« Clown pompeux ! Tout cela est fort bien dit, mais les apprentis sorciers, comme tu les appelles si dédaigneusement, allaient évidement t'ignorer, et tes péroraisons avec toi ! Ce qui caractérise une discipline comme la philosophie, au regard des sciences, c'est son impuissance. Les paroles des philosophes virevoltent, inutiles et chatoyantes, comme des poissons dans un bocal, mais c'est le bocal de leur ignorance. La vraie vie est dehors et les laisse tourner en rond.

« Quelques années à peine après la découverte de Zorn, des laboratoires privés franchissaient le pas. D'ailleurs, comment en aurait-il été autrement ? Le but ultime des parents n'est-il pas de se perpétuer, de se prolonger dans le futur en procréant ? Procréer un immortel, ou presque, n'est-ce pas le comble du bonheur parental ? Et certains couples fortunés étaient prêts à mettre le prix pour accéder à ce rêve. Dans un tel cas de figure, il se trouve toujours en face quelque homme d'affaire prêt, lui, à ramasser la mise. Les premiers bébés-éprouvette à série sigma greffée naquirent en 2053.

« Malheureusement, ces éclaireurs essuyèrent les plâtres. Une quinzaine d'années plus tard, à la puberté, ils développèrent tous sans exception des cancers foudroyants, qui les emportaient en quelques mois. Les laboratoires natologiques, qui avaient incroyablement prospéré depuis 2053 fermèrent tous un à un, croulant sous les plaintes des parents de victimes et les demandes d'indemnisation qui les accompagnaient. Les professionnels de l'éthique, comme Jacques Calan, triomphaient ; mais aussi et surtout les religions et sectes de tout poil qui cachaient mal le plaisir que leur procurait cette « colère de Dieu » envers ceux qui avaient prétendu, en bravant Ses lois éternelles, se hisser au même rang que Lui. Péché d'orgueil puni par la justice immanente !

« Timéo Zorn dut s'exiler des États-Unis d'Amérique, où il avait effectué toutes ses recherches jusque-là. Il retourna en Europe, d'où il était originaire, et s'installa à Paris. Là, il rencontra un jeune mathématicien plein d'idées, Fritz-Tyrone Dupont, qu'il attira vers la biologie. Ensemble, ils créèrent l'analyse phénogénotypale, qui allait permettre d'envisager l'action d'un gène dans son ensemble, et dans toute la complexité de ses interactions avec les autres gènes. C'est ce qui leur donna la clé de ce qui était arrivé à la première série d'embryons. En effet, si Zorn avait bien découvert, avec sa série sigma, les gènes gouvernant la longévité, il ne s'était pas vraiment préoccupé de savoir s'ils ne gouvernaient *que* la longévité. Dans le cas présent, il était évident que le gène responsable du cancer était présent dans la série sigma et était « démasqué » à la puberté par les gènes qui activent naturellement les modifications physiologiques de cet âge.

« Comme, entre temps, les biotechnologies s'étaient

encore affinées, Zorn et Dupont purent créer *in vitro* des séries sigma *modifiées* de telle façon qu'elles ne soient pas démasquées par l'activité hormonale de la puberté. Non seulement elles ne devraient pas provoquer de cancer à la puberté mais, à la place des fragments d'ADN de séquoia, qui avaient servi pour la première série, Dupont suggéra encore une petite manipulation, qui devait faire des heureux possesseurs de ces gènes des êtres quasiment immortels !… Échaudé par ses déboires précédents, Zorn ne publia pas ses résultats, mais procéda lui-même en secret à une série d'essais sur des œufs humains. C'était en 2083.

« Vous aurez donc compris que c'est l'un de ces bébés-éprouvette qui vous parle, et que cela démontre avec éclat la validité des travaux de Zorn, puisque nous sommes en 3427 !…

« Mais revenons à mon « père-éprouvette ». Il mourut peu après, et ne vécut donc pas assez longtemps pour voir ses chimères parvenir à la puberté, et la dépasser sans problème, couronnant ainsi les travaux de toute une vie. Peu de gens étaient dans la confidence : les parents des heureux élus, Fritz-Tyrone Dupont bien sûr, et les gens du laboratoire helvétique de biologie moléculaire qui avait procédé aux fécondations *in vitro*.

« Je menai auprès de mes parents biologiques, Erwan et Elline Le Fur, la vie normale d'un enfant ordinaire, si ce n'est que je ressentais une angoisse diffuse de leur part à l'approche de ma puberté. Ce cap passé sans le moindre souci de santé, je les sentis s'épanouir de bonheur : leur fils était un immortel ! Ceci dit, personne, pas même le professeur Dupont ne savait ce qu'il allait advenir de nous après, et dans quel état nous allions vivre cette éternité, si tant est que nous la vivions. En effet, notre longévité exceptionnelle n'avait rien d'une invulnérabilité, et la mort de l'un d'entre nous – nous étions une vingtaine au total – dans un accident de voiture vint nous le rappeler cruellement, au lendemain de nos dix-huit ans.

« J'avais continué à grandir comme tout le monde jusque-là. Je fis des études de physique, à Paris, puis à Berkeley. C'est pourquoi mes explications biologiques ne seront peut-être pas satisfaisantes pour un spécialiste, mais c'est surtout ce qui me permet de m'adresser à vous aujourd'hui… Décidément, qu'il est difficile de s'en tenir à un récit, sans anticiper ! À trente ans, je fus recruté comme chercheur au MIT. À cet âge, rien ne me différenciait de mes collègues, et mes parents vieillissants commençaient à s'inquiéter : avaient-ils bien fait de me faire cadeau de cette éternité, si je devais en vivre l'essentiel comme un vieillard perclus de rhumatismes ?…

« C'est la décennie suivante qui leur apporta un début de sérénité. En effet, à l'âge de quarante ans, on m'en donnait toujours trente, et il en était de même pour mes *alter ego*. C'est donc plus ou moins sereins que mes parents décédèrent, mon père en 2125 et ma mère quelques années plus tard, en 2129. Fritz-Tyrone Dupont était encore vivant à cette époque. Il s'apprêtait enfin à publier un papier sur cette expérience hors norme, lorsqu'il mourut à son tour dans les « émeutes de la faim » de Paris, en 2132.

« Mais il faut que je dise un mot ici des événements qui allaient marquer le XXIIe siècle, et qui firent « oublier » pendant plusieurs décennies les travaux et les expériences de Timéo Zorn. Cette période fut à coup sûr la plus troublée de l'histoire de l'Humanité jusque-là, faisant passer au second plan la recherche, ou tout au moins l'orientant vers d'autres besoins.

« Comme je n'ai pas gardé la mémoire exacte de ce qui est arrivé il y a si longtemps, je vous lis quelques pages d'un manuel d'histoire du XXIIIe siècle, relique du musée des sciences de l'éducation, qui m'a suivi je ne sais comment au fil de mes pérégrinations. Il y a bien longtemps qu'on n'utilise plus de livres pour l'enseignement… Il y a bien longtemps qu'on n'enseigne plus l'histoire, d'ailleurs !… Mais j'anticipe encore.

« Voici donc ce passage :

LE DIFFICILE ACCOUCHEMENT DU SYSTÈME POLITIQUE GLOBAL

1) L'escalade et le conflit australien (2130-2143)

<u>L'accroissement de la population mondiale semble atteindre ses limites</u>

La population mondiale, même si les taux de natalité étaient partout en baisse au début du XXIIe siècle, continuait mécaniquement de s'accroître et atteignait en 2130 le chiffre de 12 milliards d'individus. Les techniques rudimentaires de culture, mais surtout les carences de l'organisation globale de l'Humanité, où seuls le commerce et la finance s'étaient quelque peu structurés à l'échelle mondiale, ne permettaient pas de faire face à ce qu'on appelait à l'époque la surpopulation.

Dans le même temps, le retard majeur pris par les énergies renouvelables aboutissait à une surconsommation des combustibles fossiles, avec sa conséquence directe : une accélération du réchauffement climatique, contre lequel les quelques instances planétaires alors en place, comme l'ONU (Organisation des Nations Unies), créée deux siècles plus tôt, ne pouvaient que constater leur impuissance.

Par ailleurs, la persistance anachronique des religions et des nationalismes, entretenus en Amérique par les Nouveaux Yankees, tel C. D. Douglas, en Asie par les impériaux sino-japonais, à l'instar du Dzaodong, ou encore en Orient par les husseinites, à l'exemple de Tawfick Bin Khaled, allaient déboucher sur une série de conflits ayant pour enjeu la mainmise sur les ressources, qu'elles soient énergétiques ou, surtout, hydrauliques et agricoles.

Le réchauffement climatique conduit à une nouvelle géographie des régions fertiles

L'une des conséquences majeures, et pourtant inattendue, du réchauffement global, suite aux modifications des courants atmosphériques et marins, fut le basculement des moussons vers l'est. L'Inde, peuplée alors de presque trois milliards d'habitants, tendait à devenir un désert, tandis que l'Australie voyait verdir ses sept millions de kilomètres carrés, qui devenaient un fabuleux eldorado pour une Asie affamée.

La guerre éclate et se termine après de lourdes pertes par une victoire inattendue des Asiatiques

Les Sino-japonais franchissent le pas et envahissent l'Australie en 2140, tandis que l'Inde s'enfonce dans une atroce famine. La NATIO (*North Atlantic Totally Integrative Organization*), qui avait succédé depuis moins d'un siècle à la NATO (*North Atlantic Treaty Organization*) vole au secours de son allié australien, et remporte une série de victoires décisives (Perth, Kalgoorlie, Alice Springs) sur les troupes sino-japonaises, nombreuses, mais dont l'armement, essentiellement fourni par les pays membres de la NATIO, était obsolète, voire piégé.

Les Asiatiques ne tenaient plus que la région de Darwin en 2142, lorsqu'un retournement imprévu se produisit. Dans l'Europe d'alors, en effet, la population immigrée, en provenance essentiellement du continent africain, comptait pour plus de la moitié de la population globale, et occupait principalement l'étage inférieur de l'échelle sociale. Les représentants de cette communauté dénonçaient régulièrement et avec une virulence croissante le caractère figé de cette situation. La guerre australienne fut marquée par l'utilisation massive au front des membres de cette communauté déjà tentée par les logiques insurrectionnelles de certains de ses leaders. Ce traitement discriminatoire déclencha sur tout le continent une révolution à caractère racial qui allait priver les États-Unis d'Amérique de leur principal allié. Les Sino-japonais reprirent alors l'initiative pour balayer en quelques mois une armée américaine démotivée.

L'armistice est conclu en mai 2143, laissant l'Australie aux mains de ses envahisseurs, tandis que la guerre civile s'installe en Europe.

Il est à noter que pendant toute cette période, l'arme nucléaire n'avait pas encore été utilisée.

2) Les mouvements révolutionnaires et la « résolution » du conflit israélo-arabe (2143-2159)

<u>La révolution européenne fait tache d'huile</u>

Après le retrait des troupes américaines d'Océanie, la

composante hispanique, devenue majoritaire aux États-Unis comme l'africaine l'était devenue en Europe, et dénonçant comme elle la surreprésentation de ses membres dans les troupes ayant été affectées aux théâtres d'opération les plus exposés durant la guerre d'Australie, s'organise en un vaste mouvement de contestation et, consciente de sa force, entame un cycle de luttes sociales. Il en résulte, non pas une guerre civile comme en Europe, mais des troubles sociaux importants, qui, se prolongeant pendant une quinzaine d'années, achèvent de désorganiser l'économie déjà moribonde du pays.

Les husseinites profitent de la faiblesse des États-Unis pour agresser Israël

Au Moyen-Orient, le conflit israélo-arabe, parfois larvé, parfois ouvert, n'avait en réalité jamais cessé depuis la création de l'État d'Israël, deux siècles plus tôt. Les extrémistes husseinites au pouvoir à Damas crurent devoir profiter de la faiblesse de l'allié américain de Jérusalem pour mettre en œuvre un projet insensé qu'ils mûrissaient depuis longtemps déjà : la destruction totale d'Israël par l'arme nucléaire. Le 13 août 2159, trois bombes thermonucléaires rayent en quelques minutes l'État hébreu de la carte. C'est ce qu'on appelle communément « la deuxième Shoah ».

Le calcul était mauvais. Les États-Unis disposaient encore de la première capacité nucléaire au monde, et le Nouveau

Yankee John C. Chester, alors au pouvoir, trouvait là l'occasion d'affirmer sa puissance, face à une situation intérieure qui lui échappait chaque jour davantage. Le même jour, Damas, Bagdad et Téhéran, entre autres, disparaissent dans la tourmente nucléaire.

Le Moyen-Orient est depuis lors, et aujourd'hui encore, une zone totalement inhabitable.

3) Établissement d'un nouvel ordre mondial (2160-2200)

La Russie, seul état à disposer encore de réserves pétrolières, s'impose en « gendarme du monde »

Devant ces désordres catastrophiques, la Russie de Serguei Toulski décide d'intervenir. Profitant de la supériorité que lui confère son monopole pétrolier, alors que les nouveaux moteurs à eau, utilisés par les armées de la NATIO, s'avèrent très peu fiables, elle envahit la totalité de l'Europe en quelques mois (septembre 2159 à février 2160). S'appuyant sur les vaincus de la révolution raciale des années 2142-2143, elle y rétablit l'ordre, au prix de déportations et de massacres sans précédent dans l'Histoire. Le bilan humain est effroyable. On avance des chiffres allant, selon les sources, de 120 à 250 millions de victimes.

La Russie ne s'arrête pas là, et, en dépit des rodomontades d'une Amérique qui menace d'utiliser une seconde fois son arsenal nucléaire, les troupes russes débarquent en Alaska en juin 2164, pour ce que l'état-major de Moscou nomme une « reconquête », l'Alaska ayant été russe au XIXe siècle, avant d'être vendu aux États-Unis. Mais la reconquête prend rapidement les allures d'une véritable conquête, et c'est sans encombre que l'armée russe traverse le Canada pour atteindre les États-Unis, attaqués militairement sur leur propre territoire pour la première fois de leur histoire. Les Russes, rencontrant une farouche résistance des nationalistes américains, sont stoppés dans leur progression. Après plusieurs années de combats acharnés, le front se stabilise sur une ligne allant de la Basse-Californie à la région des Grands Lacs.

Le mouvement intègre-athée naît en Amérique du Sud

Un seul continent était resté relativement à l'écart des conflagrations de ce siècle : c'était l'Amérique du Sud. Inspirée par de grands penseurs socialistes, héritiers des Fidel Castro, Hugo Chavez, et surtout Jesus Carasco, elle était parvenue à une remarquable unification politique, accompagnée d'un essor économique sans comparaison dans un monde plongé dans la guerre et les crises. Les théoriciens de cette révolution tranquille se baptisèrent les intègres-athées et promurent inlassablement sur la scène internationale des valeurs comme l'écologie, le partage des richesses, le gouvernement mondial, la mise en place d'une économie planifiée et soutenable.

La surpopulation persistante, concomitante avec l'épuisement des ressources en matières premières, appelle une solution radicale

Curieusement, les conflits du XXIIe siècle n'avaient pas vraiment réduit la population mondiale. Tout au plus l'avaient-ils stabilisée. En effet, si localement, comme en Inde, au Proche-Orient ou encore en Europe, des famines, des épidémies ou des massacres avaient accru significativement la mortalité, ces pertes étaient compensées par l'extraordinaire expansion démographique sino-japonaise sur les nouvelles terres fertiles d'Australie. La persistance de cette « surpopulation », coïncidant de manière quasiment généralisée avec l'épuisement des derniers gisements de pétrole, de gaz ou d'uranium, la destruction des dernières forêts et la disparition des dernières réserves halieutiques, allait aboutir à une famine chronique, et à une série de conflits locaux difficile à décrire dans leur ensemble. L'arme nucléaire fut utilisée plusieurs fois lors de ces affrontements, le plus souvent par des petits pays dont on ignorait même jusqu'alors qu'ils disposaient de cette technologie. Cet usage répété de l'arme atomique réduisait encore les surfaces habitables, et cultivables, aggravant d'autant les problèmes d'approvisionnement en denrées alimentaires.

Dans les dernières années du XXIIe siècle, la situation était apocalyptique. Dans un monde lassé de tant de combats, et où seule l'Amérique du Sud tirait son épingle du jeu, c'est avec une certaine facilité que les intègres-athées purent imposer leur conception d'une nouvelle gouvernance mondiale. On choisit, pour la création du nouvel État-Planète, la date symbolique du 1er janvier 2200.

Pour la première fois de l'Histoire de l'Humanité, un gouvernement unique présidait aux destinées du Globe.

4.

« J'ai vécu tout cela mais, comme je l'ai dit, je ne m'en souviens plus très bien. Plus de mille ans me séparent maintenant de ces événements ! Est-ce que tout s'est passé exactement comme le dit ce livre ? Je ne suis pas sûr. Je ne sais pas qui sont Castro et Chavez, mais je me souviens parfaitement de Carasco, qui était très contesté à l'époque. La vérité des manuels est une vérité *a posteriori*, il ne faut jamais l'oublier. Je ne sais pas si les Russes étaient si méchants que ce livre les présente. Moi qui vivais à Paris, à l'époque, je crois me souvenir que leur arrivée n'était pas si mal vue. Je n'ai pas vu de massacres. Mais je ne dis pas qu'il n'y en a pas eu. Il est vrai que je n'ai plus vu beaucoup de Noirs depuis ce temps-là. »

– Yéégué !... Cochon de raciste ! ne put s'empêcher de commenter le Béninois...

« Quoi qu'il en soit, on comprendra aisément qu'au milieu d'une telle confusion, la recherche biologique soit passée au second plan, et que les travaux de Zorn aient été complètement oubliés. Lorsque les effets bénéfiques de la nouvelle organisation mondiale se firent sentir, et qu'un début de stabilité recommença à s'installer, on s'aperçut qu'il existait sur Terre des individus – et j'en étais, bien sûr ! – dont l'état-civil ne cadrait pas avec l'apparence physique. En 2200, j'avais cent seize ans. Non seulement je continuais à travailler dans mon labo, mais je venais d'épouser ma quatrième femme, Suzon, après un troisième veuvage. Suzon avait vingt-six ans, mais croyez bien qu'il s'agissait d'un mariage d'amour et que je n'avais rien d'un vieillard chenu. Physiquement, j'avais toujours mes éternels trente ans !... Mon état physique, et celui de mes *alter ego* confirmait sans la moindre équivoque la validité des théories de Zorn et Dupont.

« Il entrait dans les orientations du nouveau gouvernement mondial de favoriser la recherche fondamentale, et les travaux reprirent de plus belle, au point où on les avait abandonnés, près d'un siècle plus tôt. Mais la question se posait à nouveau : était-il judicieux de créer des immortels, alors que la population mondiale avoisinait déjà les douze milliards ? Même si, depuis le retour de la paix, les ressources étaient enfin utilisées à bon escient, on était toujours à la limite de la rupture pour les denrées alimentaires, et à la merci du moindre aléa climatique.

« Il existait à cette époque trois grands courants de pensée. Les larouchiens, persuadés qu'on allait à brève échéance peupler Mars, voire les exoplanètes, répondaient oui à la question précédente. Les aréliens, héritiers des religions monothéiste, qu'on avait pourtant, par acte constitutionnel, abolies à tout jamais, répondaient non. Les intègres-athées au pouvoir tergiversaient.

« Ils n'allaient pas tergiverser longtemps. En 2222, un nouveau progrès inattendu allait mettre tout le monde d'accord. Et n'est-ce pas toujours ainsi que les choses se passent ? La société est toujours en avance sur le pouvoir, emportée par une marche en avant qui semble avoir son *proprio motu*. C'est à un jeune chercheur de la *former Switzerland*, Lilian Gertsch, qu'allait échoir l'honneur de cette nouvelle découverte. En gros, il s'agissait de la compréhension profonde de la nature des virus. On croyait bien les connaître depuis le XXe siècle, mais Gertsch montra qu'on était passé à côté de l'essentiel depuis le début. Et en même temps, il allait donner le fin mot de la théorie de l'Évolution, rien que ça !

« Dès la fin du XXe siècle, des chercheurs avaient compris que l'ADN était quelque chose d'extrêmement plastique, et que les chromosomes actuels d'une espèce donnée sont le résultat d'emprunts à d'autres espèces, de raboutages de tronçons d'ADN. J'ai sous les yeux, sur mon écran, un article d'un biologiste, un certain Bernard Godelle, paru, attendez… en 1997, dans une revue qui s'appelait La Recherche – Tout un programme ! À cette époque, pourtant reculée, Godelle qualifiait le génome des eucaryotes de « roi du bricolage ». Mais jusqu'aux travaux de Gertsch, on ne connaissait pas les *outils* avec lesquels ce bricolage s'effectuait. Gertsch montra que les virus, au-delà de leur aspect pathogène, qui nous avait obnubilés jusqu'alors, étaient en fait les agents naturels de ces transferts de tronçons d'ADN.

« En quoi cela fournissait-il la clé de voûte de la théorie évolutionniste ? J'ai déjà dit que l'Évolution était trop rapide pour s'expliquer par des mutations purement aléatoires. On savait, avant Gertsch, que le « bricolage » de l'ADN était possible. Mais comment expliquer que ce qui pouvait éventuellement se passer dans *une* cellule puisse se transmettre par reproduction sexuée ? Autrement dit, quelles chances y avait-il que deux gamètes se rencontrant aient subi le *même* bricolage ? Tout le monde peut comprendre que cette probabilité est voisine de zéro. Si, maintenant, on suppose que cette rencontre de gamètes ait eu lieu parmi une population ayant subi une épidémie (ou une épizootie) due au virus responsable de *ce* bricolage particulier, on comprend que la probabilité décolle et que la transmission de l'ADN modifié devienne alors parfaitement possible.

« Mais, pour importante qu'elles soient, ce ne sont pourtant pas ces considérations théoriques qui allaient assurer le succès de Lilian Gertsch, mais bien les applications pratiques de sa découverte. En effet, les thérapies géniques, qui concernaient jusque-là soit les embryons, soit les cellules souches, purent s'appliquer à toutes les cellules, à condition de trouver le « bon » virus – plus tard, on les synthétisera à la demande. Ainsi, Gerstch fut le premier à *guérir* des malades atteints de la myopathie de Duchenne grâce au virus AMV3 – *Anti-Myopathic Virus* ; le 3 était là, je crois, pour le distinguer de deux autres virus préexistants. Le principe était le suivant : on greffe des cellules souches saines au patient, puis on lui inocule AMV3 qui va finir le travail tout seul, c'est-à-dire répliquer les gènes sains du greffon, et aller souder ces brins dans les chromosomes des cellules du patient. Il s'agit ensuite d'une réaction en chaîne : dès qu'AMV3 rencontre une cellule portant le gène sain – qu'elle soit directement issue du greffon ou déjà transformée par l'un de ses compères – il réplique, transporte, soude, et recommence. On pouvait ainsi réparer le défaut génétique *a posteriori*, ce qui paraissait tout à fait hors d'atteinte auparavant.

« La voie était ouverte, et l'un des premiers objectifs des successeurs de Gertsch fut de synthétiser le virus susceptible de greffer les gènes de longévité de la série sigma de Zorn.

« En attendant, tous les parents qui en avaient les moyens recouraient à la fécondation *in vitro*, et à la technique que Zorn et Dupont avaient appliquée un siècle plus tôt à leurs premiers cobayes, dont moi-même. C'est de cette époque que date mon aisance financière. Jusque-là, j'avais été un obscur chercheur mal payé, mais on m'offrit alors des ponts d'or pour tourner des publicités démontrant les résultats proprement magiques que les candidats à la procréation zornienne – on avait oublié Dupont pour des raisons de marketing, sans doute – pouvaient attendre de leur investissement. Le process coûtait très cher, et donc rapportait gros. Par ailleurs, sur la vingtaine d'embryons passés par les mains de Zorn, nous n'étions plus que six vivants ; les autres étaient décédés soit de maladie, soit d'accidents, conséquences parfois des guerres sanglantes que nous venions de vivre. En tout état de cause, on nous payait très cher.

« Je ne suis pas sûr, d'ailleurs, que les entreprises qui nous payaient rentrèrent dans leurs frais, parce que cette phase ne dura pas. En effet, dans le même temps, des centaines de milliards de WU étaient investis dans la poursuite des travaux de Gertsch et en moins d'un an, le virus nécessaire à l'implantation de la série sigma dans un organisme déjà constitué fut synthétisé. Il fut baptisé ZDV – *Zorn Dupont Virus* – mais, dans le grand public, il ne fut connu que sous le nom de « virus de l'immortalité ». L'Humanité accédait enfin de plain-pied à son rêve immémorial d'éternité !

« Les philosophes du XXIIIe siècle tentèrent bien une ultime résistance « éthique ». On aurait peut-être dû les écouter alors… [Silence prolongé…] Mais comment les aurait-on écoutés ? Ils n'avaient, pour soutenir leur position, que des sornettes à la Calan !

« Le gouvernement intègre-athée tenta bien de faire valoir que la Planète était en limite de capacité démographique et qu'une mise à disposition de cette technologie serait de nature à briser le fragile équilibre qui s'était établi, mais les entreprises de biotech firent valoir que la constitution de 2200, très soucieuse du respect des libertés publiques, n'autorisait pas le gouvernement à interdire aux citoyens d'avoir recours à un tel traitement s'ils le désiraient. Il s'écoula quelques mois avant que le gouvernement ne statue. Pendant ce laps de temps, des millions de personnes, surtout des vieillards fortunés, avaient déjà franchi le pas, se moquant complètement de savoir s'ils étaient ou non dans la légalité ! Et comment en aurait-il été autrement ? Qu'est-ce qu'une amende face à la perspective vertigineuse de l'éternité ? Même la prison ne pouvait pas les effrayer ! Que devenaient dix ou même vingt ans de privation de liberté à l'aune de l'éternité ? À proprement parler, rien ! Le gouvernement qui, en fait, n'avait déjà plus le choix, céda.

« Le dernier obstacle restait le prix du traitement qui,

pour presque tous, était prohibitif. Mais très rapidement, l'effet de masse jouant, le secteur devint de plus en plus concurrentiel, et les techniques s'affinèrent. Bientôt, on vit apparaître de simples intrajections qui, en trois étapes : implantation des cellules souches, inoculation du virus et vaccin de rappel, remplaçaient le lourd protocole des débuts. L'Humanité entière s'engouffra dans la brèche comme un torrent furieux ! Les labos de biotech marchaient à plein régime et, malgré cela, les ruptures de stock étaient chroniques. Les personnes âgées étaient les premières à se jeter sur ces intrajections, qui ne constituaient pourtant pas un élixir de jouvence et ne leur promettaient qu'une prolongation éternelle de leurs souffrances, en proie aux rhumatismes, arthroses et autres joyeusetés du troisième âge… Oui mais… : éternelle ! Ce mot magique les attirait comme la flamme les papillons. On peut d'ailleurs les comprendre, si on se met un peu à leur place. Quelle frustration de voir apparaître une telle révolution au soir de sa vie ! Cela fit dire à l'un des élèves de Calan, dont j'ai oublié le nom, qu'il était « né trop tôt dans un monde trop jeune ».

« En 2242, tout le monde était vacciné contre la mort !

« Cette affirmation appelle toutefois quelques nuances.

« Tout le monde ? Non. Quelques aréliens fanatiques – on les soupçonnait même d'être restés qui chrétien, qui musulman, qui juif, et de continuer à célébrer leurs cultes interdits – avaient refusé de suivre le mouvement et persistaient à préférer mourir, car il était écrit dans la Bible que tel devait être le destin de l'Homme depuis qu'Adam et Ève avaient été chassés du jardin d'Éden.

« Par ailleurs, il ne s'agissait pas à proprement parler d'un vaccin « contre la mort » : l'intrajection ne concernait que la longévité *théorique* de l'homme et ne protégeait en rien contre les maladies, les accidents, et toutes les causes fortuites de mortalité. Il est vrai que, parallèlement aux recherches de Gertsch et de ses successeurs, la médecine avait accompli d'immenses progrès depuis la fin des guerres, et que personne ne mourrait plus, par exemple, du cancer, qui était encore un fléau pendant tout mon premier siècle d'existence.

« Enfin, il faut remarquer qu'en subissant l'intrajection, les candidats à l'immortalité posaient un acte de foi, analogue au fameux pari de Pascal. En effet, l'efficacité du traitement *sur l'homme* n'avait pas été prouvée, et pour cause ! Il aurait fallu attendre 2000 ans – la longévité du séquoia – pour savoir si des individus de la population intrajectée survivraient jusque-là, et même plus longtemps pour savoir si la petite manipulation suggérée par Dupont leur permettrait de dépasser encore cet horizon. Mais qui était prêt à attendre les résultats de l'expérimentation pour qu'elle bénéficie « sans risque » à ses descendants de la soixantième génération ?! En attendant, les biologistes suivaient une population-témoin de drosophiles, à qui Zorn et Dupont avaient fait subir leur traitement, à partir d'ADN modifié de lapin, dès avant ma naissance, et dont certains individus survivaient encore cent quarante ans après les faits ! C'était une assurance plus que suffisante pour les candidats à l'intrajection. D'ailleurs le pari n'était pas très risqué : d'un côté la mort assurée à moyen terme ; de l'autre une forte probabilité de vie éternelle. Qui n'aurait pas plongé ?

« Il est inutile de dire que mes contrats publicitaires étaient du passé révolu depuis que personne ne recourait plus à la procréation *in vitro* de Zorn. Après 2242, la pratique de l'intrajection elle-même tendit à disparaître. En effet, il ne s'agissait pas d'un vaccin, qu'il eût fallu refaire génération après génération, mais d'une modification du patrimoine génétique, susceptible à ce titre de se transmettre par simple reproduction sexuée, dès lors que les deux parents étaient porteurs de la série sigma du séquoia. Il n'était donc *a priori* plus nécessaire d'agir sur les descendants d'intrajectés. Toutefois la science a tou--

jours un train d'avance sur les mentalités, et beaucoup de nouveaux parents insistaient pour faire subir l'intrajection à leur nourrisson, « par sécurité », disaient-ils... Les modes de pensée étaient encore bien primitifs, et l'intrajection était sûrement ressentie par ces gens comme une sorte de talisman. Il se trouvait toujours des praticiens peu scrupuleux prêts à leur rendre ce service, étant donné le caractère lucratif de l'opération. Il fallut que le gouvernement intervienne et légifère pour que l'intrajection soit réservée aux réfractaires repentis ou à leurs descendants. »

[Il se fit alors entendre une sorte de miaulement...]

– *Miaw! Rrrraw! Sunrise darling... Mmmh...*

[puis un bruit sec de coup]

Clac !

[et la voix d'Anatoli « Sunrise » Le Fur reprit, s'adressant sans doute au « chat »...]

– *Get away, spermy bitch! Later!* »

[Puis le fil de la narration reprit en français.]

5.

« Excusez-moi, je suis entouré de cinq femelles lubriques. C'est d'ailleurs un pléonasme depuis pas mal de siècles, mais je vous raconterai ça plus tard. Où en étais-je ? Ah oui ! Aux intrajections… Encore une fois, le gouvernement s'était fait complètement déborder par les événements. Ceci dit, comme dans tout phénomène concernant la démographie, les conséquences ne se firent pas immédiatement sentir. De la même façon qu'au XXe siècle on voyait encore la population s'accroître en dépit de la diminution du taux de natalité, au XXIIIe siècle l'augmentation de l'effectif mondial consécutive à la diminution du taux de mortalité ne se produisit pas tout de suite. Il y a dans ces évolutions une « inertie », au sens physique du terme, liée à la durée non négligeable de la vie humaine. Plus précisément, tant que les vivants de 2242 n'auraient pas atteint la limite de leur espérance de vie, il n'y avait aucune raison de voir augmenter la population mondiale, à taux de natalité égal, bien entendu. Ce serait au moment où les cohortes d'intrajectés dépasseraient les cent ans, sans « libérer leur place », en quelque sorte, que les premiers effets se feraient sentir. Et effectivement, pour la première fois depuis la fin des guerres, deux cents ans plus tôt, on vit repartir à la hausse la courbe de la population mondiale au début du XXIVe siècle.

« Entre 2242 et 2300, le gouvernement intègre-athée aurait pourtant eu le temps de réagir, penserez-vous ! Mais non ! Peut-être vous poserez-vous une autre question, plus basique : comment ce gouvernement intègre-athée était-il encore au pouvoir un siècle après y avoir accédé ? Ça devait être une terrible dictature ! Oui et non… Oui, car on ne transigeait pas avec certains principes : unicité de l'école, non-violence, interdiction des religions, des pollutions en général… Non, car les institutions démocratiques fonctionnaient, avec une constitution extrêmement protectrice des droits individuels, qui n'avait jamais été amendée depuis sa promulgation du 1er janvier 2200. En fait, elle n'a toujours pas été abrogée à ce jour, et on pourrait la considérer comme toujours en vigueur… si ça avait un sens !

[Suivit un rire amer d'Anatoli Le Fur.]

« Mais je m'éloigne encore de mon récit. Pourquoi, donc, le gouvernement n'avait-il pas eu la réaction rapide qu'on aurait dû attendre de lui ? Il faut savoir que la situation agro-alimentaire n'était plus celle qui prévalait au début du XXIIIe siècle. Le spectre de la famine, si longtemps présent, s'était éloigné. Sous l'influence des nouvelles pratiques, la production dépassait largement les besoins et surtout les pertes après récoltes avaient été limitées au minimum par l'excellente gestion des intègres-athées. Si mon message parvient avant 2200 – ce que je pense – il faut que j'insiste ici sur les bénéfices incroyables que l'on tire inévitablement de l'unification politique mondiale. Plus d'armées à entretenir, plus de guerres à mener, plus d'évasion fiscale possible. Les moyens financiers ainsi dégagés peuvent enfin être affectés à des besoins réels et à des causes positives. C'est ainsi que les intègres-athées avaient mis sur pied une logistique d'allocation des ressources alimentaires réactive et efficace, comme jamais le monde n'en avait connue auparavant.

« Bref, on sentait qu'on avait de la marge – certains économistes évoquaient la possibilité de nourrir une population double ! – et on se disait sans doute : « pourquoi ne pas faire partager encore un peu plus le bien-être dont jouit la population mondiale ? » Et puis, il serait toujours temps de réglementer, au cas où la mécanique s'emballerait…

« Le gouvernement intègre-athée avait une confiance absolue en lui-même, générée par un siècle entier d'accumulation de succès : agricoles, industriels, environnementaux… et politiques, puisque chaque élection vicennale lui prouvait le soutien massif de la population. Bien sûr, cette confiance renouvelée s'appuyait sur les succès dont je viens de parler, mais je crois qu'elle était aussi, et peut-être surtout, une conséquence indirecte de la grande vague d'intrajections des années 2230. Toutes les personnes âgées de quarante ans et plus à cette époque avaient connu les guerres, en particulier leur phase finale, la plus terrible sans doute pour les populations, et savaient donc bien tout ce qu'on devait aux intègres-athées et à l'établissement du gouvernement unique. Bien plus, ce souvenir ne s'effacerait jamais, contrairement à ce qui s'était passé dans les siècles précédents où, au bout d'une ou deux générations, les va-t-en-guerre étaient déjà prêts à reprendre du service. Enfin, c'était dans ce contingent des intrajectés de la première heure que s'étaient recrutés les cadres du parti, qui continuaient à diriger le monde, puisque l'intrajection zornienne avait pour effet non seulement de prolonger la vie, mais de figer l'âge auquel on l'avait subie, si, bien sûr, cet âge était supérieur à la trentaine. On pouvait donc dire qu'on avait affaire à une gérontocratie, tout en ayant à l'esprit que ses membres portaient beau la cinquantaine, alors qu'ils avaient déjà cent ans de plus en 2300.

« Et moi, j'avais 216 ans, et toujours pas un cheveu blanc !

« En 2300 donc, la courbe de la population mondiale commença à s'incurver vers le haut, prenant au fil des décennies de plus en plus l'allure d'une exponentielle, comme cela était déjà arrivé bien longtemps avant, au XXe siècle. Dès cette première explosion démographique, des chercheurs, dont un certain Stephen Jay Gould, avaient fait remarquer que la courbe exponentielle ne peut décrire un phénomène biologique que temporairement. La raison profonde en est simple : l'exponentielle tend vers l'infini avec le temps ; alors que nous évoluons dans une biosphère finie. Tôt ou tard, la courbe rencontre un « plafond ». La courbe, en général, ne vient pas heurter ce plafond, mais ralentit sa croissance – on dit en mathématiques qu'elle « présente un point d'inflexion ». Elle peut alors évoluer de trois façons : soit tendre asymptotiquement vers le plafond – c'est ce qui s'était passé avec la stabilisation à douze milliards – et on obtient alors ce que Gould avait appelé une courbe sigmoïde ; soit décroître un certain temps puis s'infléchir à nouveau pour se stabiliser à un niveau inférieur – on observe alors ce qu'on appelle une courbe en cloche –; soit accélérer sans arrêt sa décroissance, pour venir percuter l'axe des abscisses. L'axe des abscisses, pour ceux qui m'entendraient sans me comprendre, c'est le zéro. Autrement dit, ce dernier cas de figure, c'est l'extinction… [Silence…] L'extinction !

« Au début du XXIVe siècle, il n'était pas question de cela : nous étions plus de douze milliards, et nous nous acheminions tranquillement vers les treize. Notre problème semblait donc tout sauf celui de l'extinction ! C'était plutôt la question de la surpopulation qui aurait dû intéresser nos gérontes. À leur décharge, il faut reconnaître que la nouvelle donne démographique leur posait des problèmes plus immédiats, comme, tout prosaïquement, celui de l'âge de la retraite.

« Tant que nous n'étions qu'une infime poignée à avoir bénéficié des travaux de Zorn et Dupont, ce problème ne se posait pas : chacun le résolvait de manière personnelle. Certains autres anciens bébés-éprouvette, que j'avais connus lorsque nous tournions des publicités pour la fécondation *in vitro*, étaient en retraite depuis déjà un siècle et demi ! Moi, j'avais choisi de continuer à me rendre quotidiennement à mon labo, pas pour l'argent, évidemment : la petite fortune que j'avais amassée à l'époque de mes publicités me mettait à l'abri du besoin. Quoique, à l'échelle de l'éternité... En tout cas, j'avais peur de m'ennuyer au cours de cette retraite possiblement éternelle !

« Mais les intrajections de ZDV allaient tout bouleverser. La pyramide des âges s'inversait complètement. Elle portait déjà fort mal son nom depuis la fin du XXe siècle, où on aurait plutôt dû l'appeler « parallélépipède des âges ». Mais, à partir du XXIVe siècle, elle reposait carrément sur sa pointe ! Dès lors, il était bien sûr hors de question de conserver un âge de départ de quatre-vingts ans. D'ailleurs les intrajectés à la naissance, de même, bien sûr, que les descendants d'intrajectés, étaient encore des jeunes gens ou des jeunes femmes à quatre-vingts ans ! Sur quels critères fallait-il autoriser le départ à la retraite ? L'âge n'était plus pertinent, sauf évidemment pour les aréliens ou tous ceux qui, pour une raison ou pour une autre, avaient refusé l'intrajection. Mais le principe d'égalité inscrit dans la constitution interdisait qu'on fasse des cas particuliers. On finit par supprimer carrément la retraite – Y avait-il une autre option ? – et les non-intrajectés qui ne disposaient pas d'une fortune personnelle se virent ainsi obligés de travailler jusqu'à la mort ! Cette mesure n'affecta pas outre mesure les aréliens convaincus, qui montraient une attirance certaine pour le martyre et les souffrances « ici-bas », comme ils continuaient de le dire. Toutefois, elle provoqua une nouvelle vague d'intrajections parmi les hésitants.

« Un autre problème, auquel j'ai déjà fait une rapide allusion, était celui des peines de prison. La délinquance de rue telle que je l'avais connue avant et pendant les guerres, avait fortement diminué, effet direct de l'amélioration des conditions sociales sous les intègres-athées. Mais, évidemment, l'intrajection elle-même n'apportait rien dans le registre de l'honnêteté, et il y avait toujours des délits à punir. On doubla, on tripla les peines dans un premier temps, mais les enquêtes du département de la justice montrèrent que plus les peines s'allongeaient, plus leur efficacité dissuasive semblait décroître. On finit, là aussi, par supprimer les peines de prison, pour les remplacer par un système d'amendes proportionnelles au préjudice causé, en cas de vol ou d'escroquerie, et par des traitements chimiques obligatoires, en cas de délits entraînant un préjudice non quantifiable, comme les viols ou les meurtres.

« Je vous donne un troisième exemple de ce qui occupa nos gérontes à cette époque : celui de la durée des mandats électifs. Les rédacteurs de la Constitution de 2200 avaient cru se montrer sages en préconisant des mandats « longs », de l'ordre de la vingtaine d'années, pour éviter la précipitation des décisions et l'hystérie électorale permanente qu'on avait connues dans les siècles précédents. Manifestement, ce timing pourtant ample n'était plus adapté, d'une part à cause de l'espérance de vie qui s'allongeait démesurément, d'autre part à cause de la stabilité politique et de la persistance au pouvoir des intègres-athées. Les élections générales étaient un véritable gouffre financier, et les plus sages de nos gérontes estimaient que cet argent aurait été mieux employé ailleurs. Mais, là, on se heurtait à un problème de taille : la non-révisabilité de la constitution ! Ce problème empoisonna la vie politique de tout le XXIVe siècle, et c'est à Aliforbon Legazpi qu'on doit la solution géniale à ce casse-tête institutionnel. On organisa tous les vingt ans des élections « estimées », sur la base de sondages, et les élections « relevées » ou « réelles », n'eurent plus lieu qu'une fois sur cinq, c'est-à-dire une fois par siècle. On conservait ainsi la lettre de la constitution, tout en réalisant des économies substantielles. Le nom d'Aliforbon Legazpi fut inscrit sur le Grand Livre de la Reconnaissance Publique !

« Je vous résume tout ça en quelques mots, mais vous pensez bien que, dans les faits, ces évolutions prirent du temps, et furent l'occasion de bien des remous sociaux : débats, manifestations, pétitions, référendums, etc. Bref, tout cela nous amena sans que nous voyions le temps passer, à l'aube du XXVe siècle, avec une population mondiale qui frisait alors les quinze milliards d'individus.

« Si je m'adresse encore à des mortels, vous trouverez peut-être exagéré que je parle d'un siècle entier en disant : « sans que nous voyions le temps passer ». Et pourtant !... J'ai une théorie personnelle là-dessus. Nous avons des tas d'unités de temps physiques : la seconde, l'heure, l'année… qui correspondent à des intervalles précis de l'écoulement du temps. Mais ces unités sont en quelque sorte externes à nous-mêmes et appartiennent aux montres, aux horloges, voire aux systèmes astronomiques. Quelle est finalement la seule unité de temps qui nous soit intrinsèque ? Je n'en vois qu'une, qui est notre durée de vie déjà écoulée. Or cette unité est en perpétuelle croissance, ce qui est gênant pour une unité… Pourtant, si on veut bien me suivre, cela explique très bien le phénomène d'accélération du temps que tous les vieillards – et moi, ô combien ! – nous disent expérimenter. Pourquoi ? Parce que dix ans de vie pour quelqu'un qui en a vingt, c'est une demi-vie, alors que pour quelqu'un qui en a cent, c'est un simple dixième ! En 2400, j'avais trois cent seize ans. Un siècle n'était donc pour moi qu'un tiers de vie, l'équivalent de six ou sept ans pour un « vingtenaire »…

« Mais les ajustements d'ordre administratif et politique que je viens d'évoquer sont peu de chose par rapport aux bouleversements psychologiques et sociétaux qui nous guettaient, et même qui faisaient déjà plus que nous guetter en ce début de XXVe siècle. Pour une fois, je vais donner raison aux aréliens et à leurs pareils : l'homme n'était pas programmé pour une éternité ! Si Zorn avait réussi à modifier notre longévité, il n'avait bien sûr rien prévu quant à la psychologie de l'homme nouveau, qui restait évidemment marquée par des siècles de condition mortelle. Nos vies devenaient trop longues ! J'ai parlé tout à l'heure de mes *alter ego* bébés-éprouvette : ceux qui avaient choisi la retraite n'en pouvaient plus de vivre ainsi jour après jour sans autre but que de s'adonner à des plaisirs de plus en plus émoussés, et soit ils reprenaient une activité, comme moi – mais jusqu'à quand ? Et pour quoi ? –, soit, solution plus radicale, ils se suicidaient !

« Et ils n'étaient pas les seuls ! Ce XXVe siècle vit une énorme recrudescence des suicides, en particulier chez les femmes. Dès ma jeunesse, les femmes recouraient en majorité à la chirurgie esthétique pour s'approcher d'un modèle « idéal ». Botox, silicone, liposuccions, puis, plus tard, gonflagel et *smarting* avaient fait de nos compagnes une série de clones de Buey Nordenström – un *screen model*, comme on disait alors – lèvres de gourami, seins comme des montgolfières, fesses de vénus hottentote, clitoris de transsexuel ! Je dois avouer que ma Suzon avait suivi le mouvement, et je serais hypocrite de dire que je n'y prenais pas un certain plaisir... Mais bientôt, la trentenaire bodybuildée devint un petit peu trop courante sur le marché, et son cours chuta. Les hommes commencèrent à rechercher des femmes plus jeunes, voire trop jeunes. On assista pendant ce siècle à une vague de pédophilie comme jamais on n'en avait connue. Petit à petit, les sex-symbols perdirent leurs formes épanouies, et il y eut un retour en force des lolitas dans le pandémonium des fantasmes masculins. Nos trentenaires se firent dégonfler de partout, pour essayer d'arborer de petits seins pointus et une peau de pêche. Au bout de quelques allers-retours de ce régime, les plus enragées *fashionistas* n'étaient plus que des champs de ruines saccagés par les abus de chirurgie dite esthétique. Une éternité encore à traîner ce corps était plus qu'elles n'en pouvaient supporter, et elles recouraient en masse au suicide. Je ne veux pas dire que le suicide lui-même devint une mode, mais enfin…

« Les aréliens se réjouissaient presque ouvertement de cet état de fait et citaient partout où ils le pouvaient ce verset de l'Apocalypse : « En ces jours-là, les hommes chercheront la mort sans la trouver ; ils désireront mourir, mais la mort les fuira. »

« On aurait pu penser que cette vague de suicides allait freiner l'expansion de la population au cours de ce siècle. C'était compter sans un paramètre dont les technocrates intègres-athées avaient sous-estimé la portée : je veux parler de l'augmentation du taux de fécondité. En effet, il ne faut pas oublier que tous nos nouveaux centenaires, voire multi-centenaires, restaient des trentenaires biologiques ! Les hommes se maintenaient au summum de leurs capacités sexuelles, tandis que chez les femmes, le mot même de ménopause tombait dans l'oubli. Le taux de fécondité atteignait une moyenne de dix enfants par femme, et certaines « poulinières » avaient dépassé la centaine de rejetons. Évidemment, ces scores étaient étalés dans le temps, et leur effet sur le taux de natalité n'était pas aussi explosif qu'il l'aurait été avec une espérance de vie pré-zornienne. En général, les femmes donnaient naissance à une nouvelle série d'enfants à chacune de leur nouvelle vie de couple. Il devenait courant d'avoir des arrière-grands-oncles et arrière-grand-tantes plus jeunes que soi. Les arbres généalogiques pouvaient alors s'entremêler d'étrange façon, et on commençait à voir des unions entre certaines personnes et leurs propres descendants, à quatre ou cinq générations d'intervalle. Les aréliens appelaient ça de l'inceste, et le gouvernement intègre-athée ne savait trop comment légiférer à ce sujet. Quoi qu'il en soit, cette fécondité perpétuelle déboucha sur une augmentation très nette du taux de natalité, qui atteignit les 3 % à la fin du XXVe siècle, chiffre jamais atteint depuis le XXe siècle !

« En 2500, la population mondiale dépassait les dix-sept milliards d'individus. On s'approchait dangereusement de la limite théorique des vingt-cinq milliards.

« Les autorités commencèrent enfin à réagir. Au début, ce furent de simples incitations à limiter les naissances. L'État mondial organisa de grandes campagnes publicitaires vantant les charmes de la vie sans enfant et mettant en avant les inconforts de l'accouchement – on ne parlait plus de souffrances à ce sujet, car elles étaient depuis longtemps bannies, sauf chez les aréliens les plus fanatiques. Ces publicités montraient de façon crue les réveils intempestifs du nourrisson et les corvées nauséabondes du changement de couches. La chose était rendue plus saisissante par la technologie de nos écrans, qui avaient depuis longtemps intégré une fonction olfactive.

« Les chiffres du département des statistiques sociales montrèrent assez rapidement que ces campagnes n'avaient que peu d'impact, et que la population mondiale ne cessait de croître à un rythme inquiétant...

« Le gouvernement changea de tactique et commença à faire appel au sens civique de chacun d'entre nous, en nous mettant sans équivoque en face des dangers bien réels qui nous menaçaient : régression du confort, pénurie d'énergie, rationnement des biens, en particulier alimentaires, voire famine ! Ils exhumèrent des archives de vieilles images datant des guerres, et même d'avant, où on voyait des enfants squelettiques aux yeux démesurés gratter le sol et manger de la terre, scènes depuis bien longtemps oubliées !

« En même temps qu'ils nous rafraîchissaient ainsi la mémoire, les intègres-athées promouvaient différentes méthodes de stérilisation définitive. On vit fleurir des slogans du genre :

Let's save Humanity,
Let's use vasectomy.

« À l'époque, l'esperanglish n'était pas encore la langue unique et obligatoire, mais 80 % de la population mondiale s'exprimait déjà en langue anglaise, l'ancêtre de l'esperanglish, et 95 % de l'Humanité la comprenait. Toutefois, pour être sûr de toucher toutes les strates de la société, et particulièrement les plus défavorisées, qui sont aussi, statistiquement parlant, les moins instruites et les plus prolifiques, les gérontes voulurent que ces slogans soient adaptés dans la petite dizaine de langues encore parlées. Je me souviens évidemment de celui en français qui nous disait :

Le problème de la planète,
Ce sont vos gamètes !

« Cette deuxième phase de communication sembla un peu plus efficace, surtout auprès des « vieux », si ce terme avait encore un sens, je veux dire auprès de ceux qui avaient connu les guerres et la famine, ceux pour qui ces fléaux évoquaient des images précises et indélébiles.

« Moi-même, je me fis stériliser à cette époque. Était-ce pour sauver l'Humanité ? Je ne sais pas… [Silence…] Il me semble que les motivations de ceux d'entre nous qui recoururent à cette opération n'étaient pas d'une noblesse absolue et que notre but, plutôt que de sauver l'Humanité, était d'abord de sauver notre carcasse ! Après avoir conquis la vie éternelle, n'était-il pas dans l'ordre des choses de mettre fin à la reproduction sexuée ? Ce système, patiemment mis au point par la nature pour assurer l'immortalité théorique d'une espèce, n'avait-il pas perdu sa raison d'être dès lors que les individus possédaient eux-mêmes cette qualité ? Bien plus, les générations futures, comme on les avait appelées jusque-là, et qu'on désignait plutôt alors sous le nom de « cohortes à venir », changeaient de statut : de garantie de la pérennité de l'espèce, elles devenaient une concurrence directe pour l'accès aux ressources, une menace !

« Il y avait déjà longtemps que je n'étais plus avec Suzon, qui m'avait donné bien longtemps auparavant mes derniers enfants, déjà tous deux fois centenaires. Je ne l'ai pas dit quand je vous parlais des changements sociétaux, mais évidemment l'institution du mariage, qui avait déjà du plomb dans l'aile dès ma jeunesse, et donc bien avant les guerres et les intrajections de masse, avait périclité depuis longtemps. Si les couples éclataient déjà au bout de dix à vingt ans, comment envisager une union *à vie*, alors même que cette vie était possiblement éternelle ? J'avais vécu plus de deux siècles avec Suzon, ce qui constituait, je crois bien, un record. Je pense que je l'aurais bien supportée encore un ou deux siècles, parce que je n'ai jamais beaucoup aimé le changement, mais elle s'enticha d'un gourou arélien, Toto Zeïr. Ce triste individu appliquait le vieux principe des clercs : « Faites ce que je dis, ne faites pas ce que je fais ! » puisque, issu d'un milieu des plus fanatiques, il s'était tout de même fait intrajecter vers la cinquantaine – juste pour pouvoir servir sa cause plus longtemps, disait-il… Il devait au caractère tardif de cette intrajection d'arborer une belle barbe blanche, qui lui donnait un faux air de Karl Marx, ou de Merlin l'enchanteur. Est-ce ce qui avait attiré Suzon en lui ? Je n'en sais rien. En tout cas, elle disparut complètement de ma vie à cette époque-là. [Silence…]

« Mais je crois bien que j'ai encore une fois perdu le fil de mon récit. Ah oui ! Je vous parlais de ma stérilisation. Donc, vers 2550, Suzon m'avait déjà quitté depuis longtemps. Je vivais seul et je n'avais plus aucune intention d'ajouter encore une unité à mes vingt-cinq… euh, non, vingt-six enfants. Ah ! Je ne sais plus… Mais ça n'a aucune importance. De toute façon, je les avais déjà tous perdus de vue. Le gouvernement mondial enchaînait sans relâche ses campagnes anti-procréation. Je finis par franchir le pas, en 2552.

« Comme le temps avait passé depuis les premiers slogans que je vous ai cités, les techniques avaient évolué, et ce n'est pas une simple vasectomie que je subis, mais une opération plus sophistiquée, faisant appel aux techniques géniques, et qui consistait à désactiver définitivement les cellules germinales. Comme la vasectomie, elle n'altérait en rien les performances sexuelles, tout en garantissant une contraception absolue, puisque les cellules germinales du patient ne produisaient plus de gamètes.

[On entendit à nouveau la voix féminine qui avait feulé un quart d'heure plus tôt :]

– *Oh Sunrise! Sexual performance! You speaked of sexual performance! Mmmh! Look! Look my cunt! darling… Mmmh…*

[puis la voix d'Anatoli Le Fur :]

– Excusez-moi deux minutes, je reviens… »

[Suivirent un bruit saccadé sans équivoque et des halètements rauques, qui ne laissaient aucun doute sur l'activité à laquelle Anatoli Le Fur et sa tigresse se livraient. Deux cris conclurent ce rapide « tête-à-tête ».]

– Ça devient hard ! fit remarquer Côme Abahoumba.

[Après ce curieux intermède Anatoli Le Fur reprit sa narration :]

« Comme je vous l'ai dit, je suis entouré de nymphomanes enragées, qui pourraient devenir agressives si je ne leur donnais pas ce qu'elles veulent… »

6.

« Bon, reprenons ! J'en étais aux campagnes de stérilisation volontaire. Au bout de quelques décennies – il fallut ce laps de temps pour commencer à en évaluer les effets – les gérontes durent se rendre à l'évidence : l'effet escompté n'était pas au rendez-vous. Bien sûr, des millions de personnes, dont moi qui vous parle, avaient recouru à la stérilisation volontaire mais comme il s'agissait de gens qui, de toute façon, n'avaient plus l'intention de procréer, cela ne changeait pas grand-chose à la donne. Bien avant la fin du XXVIe siècle, nous avions franchi la barre des dix-neuf milliards !

« Les premières famines réapparurent, pour l'instant très localisées, en Afrique et en Inde – encore l'Inde !… C'était le premier échec flagrant des intègres-athées.

« Le XXVIIe siècle devait voir de sérieux bouleversements politiques. Les élections-relevées de 2600 aboutirent à la mise à l'écart des gérontes. Je vous rappelle que nous appelions ainsi les intrajectés à un âge avancé, qui nous gouvernaient depuis les guerres. Or l'évolution démographique que je viens de décrire, outre ses conséquences directes, les famines, portait en elle un autre effet, anodin en apparence seulement : pour la première fois de l'histoire de l'Humanité, les intrajectés de la première génération, c'est-à-dire la part de la population née avant 2240, passait en dessous du seuil de la moitié de la population mondiale. Les « jeunes », si l'on peut utiliser ce mot pour un groupe comportant des tricentenaires, en avaient assez d'être gouvernés par les mêmes personnes depuis si longtemps. Ce ras-le-bol, joint à une volonté de sanction de l'objective inefficacité de la politique démographique menée jusque-là, aboutit à la défaite électorale des gérontes, et à l'arrivée au pouvoir du très charismatique Barta Doguiromani.

« Ce n'était pas une alternance politique au sens strict, puisque le parti de Doguiromani n'était qu'une mouvance au sein des intègres-athées. Il s'appelait d'ailleurs le parti néo-intègre-athée, et ne fut rapidement plus désigné que par le diminutif « néo-intègre ». Mais il incarnait une volonté de moderniser la vie politique, avec une conception nettement plus autoritaire de l'État. L'une des premières mesures des nouveaux arrivants fut de porter les mandats électifs réels au demi-millénaire. « Que peut-on faire en un siècle ? » avait été l'un des slogans de leur campagne. Ce slogan ne manquait pas de sel pour moi qui avais connu dans ma jeunesse des législatures de quatre ans !

« Il faut reconnaître que, dès son arrivée au pouvoir, le gouvernement Doguiromani s'attaqua avec énergie au problème de la surpopulation. On promulgua la « loi de l'enfant unique », comme cela s'était fait, je crois, dans le secteur sino-japonais au XXe siècle. Il fut décidé que chacun ou chacune d'entre nous qui avait eu un enfant au moins devrait subir une désactivation germinale. Quant à ceux qui n'avaient pas encore eu d'enfants, leur stérilisation était repoussée jusqu'à leur éventuelle première paternité ou maternité. Dans mon cas personnel cela ne changeait rien puisque j'avais déjà été désactivé, mais cette mesure n'alla pas sans provoquer quelques remous dans la société. Bon, il fallait bien faire quelque chose, de toute façon.

« En attendant que les effets de cette mesure puissent être évalués, on instaura un contrôle de plus en plus strict sur la circulation et la distribution des denrées alimentaires. On vit apparaître des tickets de rationnement, qui rappelaient de bien tristes souvenirs à ceux d'entre nous qui avaient connu les guerres. Le gouvernement néo-intègre alla plus loin : il créa le « corps des inspecteurs de l'utilisation rationnelle de la ressource alimentaire ». Cette « police des poubelles », comme on la surnomma, pouvait débarquer chez vous à toute heure du jour et de la nuit pour analyser vos détritus. Si les inspecteurs constataient qu'on y retrouvait trop de matière nutritive, vos tickets de rationnement étaient automatiquement revus à la baisse. Certains extrémistes, en particulier les larouchiens, commencèrent à utiliser le mot de dictature pour désigner ce gouvernement, pourtant régulièrement élu. En ce qui me concerne, ayant connu les famines, je considérais encore que le mal était pire que le remède, et je m'abstenais d'être trop critique.

« Pour en revenir au lancinant problème de la surpopulation, les mesures draconiennes des néo-intègres, si elles parvinrent à casser le rythme exponentiel de la croissance démographique, ne réussirent pas à stopper cette croissance, seulement à la freiner. La raison en est bien simple. La loi de l'enfant unique ne permettait plus à un parent d'avoir un autre enfant, bien ! Mais cet enfant, lui, pouvait au bout de vingt à trente ans avoir lui-même un enfant, qui à son tour en aurait vraisemblablement un vingt à trente ans plus tard, etc. Or le taux de mortalité était tombé si bas – de l'ordre de 1/10 000 annuel – que cette arrivée au compte-gouttes de nouveaux-nés suffisait à rendre le taux de natalité supérieur au taux de mortalité. Dans un tel cas de figure, mathématiquement, la population ne peut que croître !

« En 2700, la population mondiale frisait les vingt-deux milliards, ce qui était moins que les 22,5 annoncés par les actuaires un siècle plus tôt, mais tout de même beaucoup trop ! Barta Doguiromani fit un de ces discours fleuves dont il avait le secret, où il expliqua qu'un siècle ce n'était rien, qu'il lui en restait quatre pour redresser la barre du navire désemparé dont on lui avait confié le commandement et qu'il ne faillirait pas à cette tâche, même s'il lui fallait pour cela, à son corps défendant, malmener un peu l'équipage. Le salut était à ce prix !

« Dès le début du XXVIIIe siècle, on abrogea la loi de l'enfant unique, pour la remplacer par la « loi de l'enfant nul ». Vous avez bien compris : la loi de l'enfant nul ! C'est-à-dire que toute procréation serait rigoureusement interdite jusqu'à nouvel ordre, ordre qui ne serait donné que lorsqu'on aurait observé une diminution significative de la population mondiale. Bien sûr, il n'était pas question, cette fois-ci, de stériliser tout le monde : ç'aurait été un acte suicidaire pour l'espèce ! En effet, tant que le taux de mortalité n'est pas nul – et il ne le serait évidemment jamais – une population qui ne se renouvelle pas est une population condamnée à mort. Il fallait donc garder un vivier de géniteurs. Au moment de la promulgation de cette loi, on estimait les non-stérilisés à un milliard d'individus : pour moitié des non-encore-parents en règle, et pour moitié des aréliens ou assimilés, qui avaient contourné la loi de l'enfant unique, et qui continuaient à se moquer du pouvoir. Barta Doguiromani trouvait que c'était trop et décida de réduire ce vivier de 95 %, pour tomber à un effectif de géniteurs d'une cinquantaine de millions d'individus, plus compatible avec son objectif de décroissance démographique, et aussi plus facile à contrôler… Mais comment allait-on choisir les neuf cent cinquante millions à stériliser ? Par tirage au sort ? Par sélection ? Mais alors sur quels critères ? Ce qui était évident, en tout cas, c'est que les néo-intègres voulaient en finir avec les arélianisants, et que le premier effort de désactivation germinale allait porter sur les personnes qui ne s'étaient pas mises en règle avec la loi de l'enfant unique, c'est-à-dire les multi-parents non encore stérilisés.

« J'avais enregistré à cette époque un discours d'un certain Chrétien de Montcalquier, que j'avais trouvé ridicule sur le moment, mais qui, à la lumière des événements ultérieurs, devait s'avérer presque prophétique. Je vous le fais écouter, pendant que je retourne au charbon. Oryana a su que j'avais honoré Pussi, et elle arrive réclamer son dû… »

– Quelle santé, ce Sunrise ! fit remarquer Côme Abahoumba.

Mais l'enregistrement démarrait déjà :

> « Mes bien chers frères, mes bien chères sœurs,
>
> « J'apprends ce matin une triste nouvelle. Le tyran qu'on appelle Barta Doguiromani vient de promulguer une

nouvelle loi scélérate, visant à faire de nous tous des bœufs impuissants. Ce n'est pourtant pas à lui, mais à l'Unique de décider quand et comment viendra la solution à nos problèmes. En attendant, « croissez et vous multipliez », nous a-t-il été ordonné par Quelqu'un d'autrement plus puissant que ce despote. Qui est-il, qui est-il pour oser prétendre régenter les lois de la nature ?

« Déjà, l'homme a voulu se hisser au niveau de l'Absolu en modifiant, par ses moyens mesquins, sa propre longévité, pourtant prescrite par la Bible. Il est écrit au chapitre 6 de la Genèse, verset 3 : « Désormais leur durée de vie ne sera que de cent vingt ans ». Et pourquoi l'Unique en avait-il décidé ainsi ? Justement parce que « les hommes commençaient à se multiplier à la surface de la Terre », est-il écrit au verset 1 du même chapitre, qui, faut-il le rappeler ? raconte ce qui est advenu après le déluge. L'Unique, dans son infinie sagesse, savait très bien qu'une plus grande longévité ne pourrait être que source de catastrophes ! Mais l'homme, aiguillonné par son égoïsme acharné, a plongé tête baissée dans les pièges du Séducteur, en recourant à ce qu'ils appellent l'intrajection, et que j'appelle, moi, l'abjection !

« Maintenant que le cheval noir de la famine est sur nous, l'homme est enfin clairement mis en face de son erreur. Mais, au lieu de chercher à la corriger, et de retrouver, quel que soit le prix à payer, l'immuable renouvellement des générations, il continue sa fuite en avant ! « Errare humanum est, perseverare diabolicum ! » disait Saint

Augustin. Il fallait maintenant, MAINTENANT ! jeter aux ordures l'arsenal maudit de la science blasphématoire et revenir à la sage ignorance de nos pères. Au lieu de cela, ce gouvernement aux abois par sa propre faute décrète la castration universelle ! Qui, sinon le Malin pouvait suggérer une pareille monstruosité ? J'en veux pour preuve que ce sera nous, ses derniers pourfendeurs, qui subiront le plus cruellement cette loi inique.

« Les plus purs parmi nous, ceux dont les parents, les grands-parents, les arrière-grands-parents ont constamment refusé l'intrajection pour leurs fils et leurs filles, ceux-là sont visés de plein fouet par les néo-intègres-athées. Au nom d'un soi-disant principe d'égalité, ces nouveaux tyrans refusent d'aménager la loi pour les saints des temps modernes. Ne nous y trompons pas : c'est bien notre extermination, notre EXTERMINATION pure et simple qui est contenue en germe dans cette « loi de l'enfant nul ». Bien sûr, ce ne sera pas une extermination par le fer et par le feu ; elle adviendra par la seringue et l'éprouvette. Mais n'est-ce pas pire que les Shoahs dont furent victimes nos frères du Livre ? Au moins, à cette époque, la violence était assumée, et on ne se cachait pas derrière les faux-nez de la démocratie et de l'égalité !

« Face à ce déni de justice caractérisé, il n'est qu'une réponse! Entrez en dissidence, continuez à honorer vos femmes, mes frères ! Continuez à abriter la vie, mes sœurs ! Il est des moments de l'Histoire où la loi non écrite doit primer sur celle des hommes. La frêle Antigone, dans son innocence païenne, nous montrait déjà la voie. Il faut sauver l'Humanité de ces apprentis sorciers qui, après nous avoir menés au bord du gouffre, voudraient maintenant nous y précipiter !

« Je vous le dis, frères et sœurs, les temps à venir seront pour nous des temps d'épreuve. Ce gouvernement néo-inique voudra faire respecter ce qu'il appelle la loi et qui n'en est qu'un travestissement ridicule. Il nous faudra du courage pour assumer notre juste rébellion. Prions Saint Sébastien, Saint Denis Céphalophore, et tous les saints martyrs qui nous disent, de leur bienheureux séjour céleste : « Réjouissez-vous mes frères, car vous touchez au martyre ! » Et encore : « Courage, mes frères ! Vous mourez, mais vous vivrez. Les aveugles qui vous entourent croient vivre ; mais ils sont déjà morts ! » Le quatrième et dernier coursier de l'Apocalypse piaffe déjà dans son écurie. Dois-je vous rappeler, mes frères que son cavalier n'est autre que la Mort ? Et la couleur verdâtre de sa monture n'est-elle pas celle des poisons que veulent nous inoculer les ennemis du – Biiip – Tout-Puissant ? Celui qui a vécu par le poison périra par le poison ! Je vous le dis, mes frères : leur victoire ne sera que de courte durée, et lorsque viendra l'heure du jugement, vous entendrez « les pleurs et les grincements de dents » que notre Seigneur leur a promis par la bouche de Saint Matthieu…

« Ainsi soit-il. »

« Ça y est, Oryana est servie…

« Le discours, ou le sermon, que je viens de vous faire écouter est la version originale, et fut prononcé en français par ce Montcalquier. Vous vous en étonnerez peut-être et, effectivement, je l'ai téléchargée sur l'un des derniers sites qui émettait en cette langue. Ce n'est que quelques années plus tard, très exactement le 1er janvier 2713, que l'esper-anglish fut décrété langue unique et obligatoire, enterrant du même coup ses quelques concurrentes encore parlées, et jetant dans l'oubli ceux qui les maniaient encore avec une certaine dextérité, comme Montcalquier.

« Vous aurez peut-être aussi remarqué le « bip » qui précède la locution « Tout-Puissant » dans ce discours. C'est que le prédicateur, dans le feu de l'action, avait dû laisser échapper le mot « Dieu », automatiquement reconnu et éliminé par le logiciel de mise en ligne, conformément à l'article 1 de la constitution de 2200… Tiens, je suis moi-même en contravention avec cet article… C'est amusant. Dieu ! Dieu ! Cent mille noms de Dieu de Bon Dieu ! Il y avait longtemps que je ne l'avais pas entendu, ce juron…. Des siècles !… Que j'aimerais voir débarquer la police, et qu'elle m'arrête !

[Suivit un long silence, entrecoupé de ce qui devait être des sanglots. Puis Anatoli Le Fur se reprit :]

« Vous vous demandez peut-être aussi pourquoi j'ai choisi ce sermon plutôt qu'un sermon en esperanglish. De fait, Chrétien de Montcalquier n'était pas une figure dominante de l'arélianisme, dont le chef de file était à l'époque un Afro-américain nommé Marom Johnson, qui s'exprimait bien sûr, lui, en esperanglish. C'est tout simplement qu'il n'y eut pas de réaction significative du leader arélien. Pourtant il était bien vrai, comme le dénonçait Montcalquier, que la loi de l'enfant nul pouvait être vue comme une agression sans précédent du pouvoir contre l'arélianisme. Certains journalistes s'étonnèrent de ce silence et, parmi eux, certains insinuèrent, sans preuves, que le gouvernement néo-intègre avait acheté le silence de Marom Johnson.

« La polémique tourna court avec la mort du principal intéressé dans un accident d'avion. Les mêmes journalistes qui avaient lancé le bruit d'une possible corruption de Marom Johnson émirent des doutes quant au caractère fortuit de ce crash, ce qui acheva de les disqualifier dans l'opinion publique. En effet, l'avion dans lequel Marom Johnson avait trouvé la mort était un Supair-train transportant mille deux cents passagers et on ne pouvait pas admettre que le gouvernement eût délibérément provoqué la mort d'autant d'innocents pour assassiner une seule personne. Barta Doguiromani intervint en personne sur les écrans pour s'indigner d'une pareille calomnie et annoncer une série de lois destinées à encadrer de manière plus rigoureuse le fonctionnement de la presse et, je le cite, « éliminer les moutons noirs qui en salissaient la déontologie ».

– Curieuse démocratie ! commenta Hartmut Tausend. Ça m'évoque de tristes précédents.

– Oui, renchérit Ambrosio Saavedra, nous avons connu ça aussi…

Mais Anatoli Le Fur continuait son récit, et le Chilien ne développa pas davantage, pour ne pas gêner l'écoute.

« Mais je m'écarte encore du sujet. Que donna cette loi de l'enfant nul ? Si elle avait été parfaitement respectée, la population mondiale aurait dû immédiatement se mettre à décroître, au rythme du taux de mortalité qui prévalait à l'époque. Et, effectivement, les chiffres du département des statistiques sociales publiés de décennie en décennie collaient très exactement à ces données théoriques. La perfection même de cette adéquation n'était pas sans engendrer certains soupçons quant à la sincérité de ces statistiques. Comment des appels tels que celui de Montcalquier – qui avait d'ailleurs disparu du site « Points de vue » depuis que je l'y avais téléchargé – n'auraient-ils pas été suivis d'effet auprès de certaines tranches de la population ? Je ne croyais pas possible, et je n'étais pas le seul, qu'aucune naissance ne se soit produite dans les vingt ou trente ans suivant la promulgation de la loi.

« Ce qui amplifiait ce soupçon, c'est que, contrairement à ce qui aurait dû résulter du recul de la population mondiale, les ruptures d'approvisionnement s'étaient beaucoup aggravées pendant ces années-là, si bien que petit à petit nous nous habituâmes à ce qu'il manque en permanence au moins un produit de première nécessité. De deux choses l'une : ou bien le département des statistiques sociales nous mentait, et la population avait continué à croître, ou bien la logistique si bien huilée de l'époque des gérontes commençait à s'enrayer. Certains opposants radicaux suggéraient même que le pouvoir détournait à son bénéfice une partie des marchandises, et en voulait pour preuve l'embonpoint de Barta Doguiromani et de sa clique. Et en effet, le chef du gouvernement était devenu obèse depuis son accession au pouvoir.

« Autant que je puisse en être sûr si longtemps après, les deux soupçons étaient fondés.

« En ce qui concerne le trucage des chiffres, j'appuie ma conviction sur un témoignage de mon ex-femme Suzon. Je l'avais rencontrée par hasard, alors qu'une pénurie de farine m'avait entraîné à deux cents kilomètres de chez moi. Nous piétinions dans la même file d'attente. Je ne l'avais pas reconnue tout de suite. Elle si coquette à l'époque où nous vivions ensemble, était là habillée comme une souillon, et un air de morne tristesse assombrissait son visage démaquillé. Il me sembla même que certaines taches jaunâtres sur ses pommettes pouvaient être des traces de coups.

– Suzon ?

– Anatoli !

« J'étais plus ému que j'aurais voulu le montrer.

« Elle me dit qu'elle était venue pour ravitailler une amie à elle – je me demande si ce n'était pas une co-épouse de son Toto Zeïr – qui était obligée de se cacher parce qu'elle était enceinte ! Elle ajouta que c'était le cas de nombre de femmes de leur communauté, qui continuerait de toute façon à cracher sur les oukases de Doguiromani, quelles que soient les persécutions encourues. Comme je lui faisais remarquer que le mot « persécutions » était peut-être un peu fort, elle me fit cette réponse, que j'ai retenue mot pour mot :

– Mon pauvre Anatoli, tu es toujours aussi naïf ! On a fait avorter des femmes enceintes de sept mois, *sans anesthésie* ! On les a traitées chimiquement pendant plusieurs mois – stérilisation, intrajection, et lavage de cerveau. Elles sont revenues comme des zombies. D'autres ont carrément disparu. Les autorités ont dit qu'elles s'étaient suicidées pendant leur « traitement »... C'est possible, après tout...

« Les images que les paroles de Suzon faisaient naître dans mon cerveau et l'aspect lui-même de celle qui avait été ma femme me glaçaient, et je ne lui adressai presque plus un mot après ça. Nous nous quittâmes dès que nous eûmes reçu notre dotation de farine. Nous nous serrâmes la main, sans que je sache lequel de nous deux était le plus gêné.

« Le tableau que dressait Suzon était terrible. L'État mondial était donc devenu totalitaire ? J'aurais dû en être conscient depuis longtemps, mais je m'aveuglais jusque-là. Et pourquoi cet aveuglement ? Ceci m'amène directement à la deuxième accusation qui pesait sur le gouvernement Doguiromani : celle de ne plus répartir les ressources de manière équitable, comme elles l'avaient toujours été du temps des gérontes. J'étais moi-même assez bien placé pour savoir que c'était vrai. Nous autres, chercheurs, étions particulièrement choyés par les néo-intègres. Si, par exemple, j'avais pu faire deux cents kilomètres pour aller m'approvisionner hors de mon sous-secteur, c'est que nous bénéficiions de passe-droits quant à la sectorisation, et d'un kilométrage illimité dans les transports publics. On nous avait fait comprendre que nos logements seraient plus spacieux, nos allocations de tickets plus généreuses, nos primes plus fréquentes et plus élevées parce que nous faisions partie de l'élite et que la communauté désirait nous remercier ainsi des bienfaits que nous lui apportions. Dans un tel contexte, il faut être bien vertueux pour oser se demander si tel serait bien le vœu de la « communauté » si on lui posait la question... Et si nous autres, simples chercheurs, étions ainsi privilégiés, que penser de la police ? des élus ? du gouvernement lui-même ?

« Ceci dit, et quoi qu'on puisse en penser par ailleurs, la politique néo-intègre en matière de recherche portait ses fruits, et les chercheurs, abondamment dotés, dépourvus de soucis matériels, ou, disons, moins accablés que le reste de la population, fournissaient du bon travail. Dans mon domaine en particulier, la physique fondamentale, et en particulier l'astrophysique, une découverte révolutionnaire eut lieu dans ces années-là. Je dois m'y attarder un peu, pour la bonne raison que c'est justement cette découverte qui me permet aujourd'hui de m'adresser à vous.

« J'ai dit que les hommes et les femmes de ce temps restaient des trentenaires sexuels. Curieusement – ou peut-être naturellement, si on veut bien y réfléchir – ce qui était vrai pour les aptitudes physiques ne l'était pas pour les capacités intellectuelles, et toutes les avancées importantes continuaient à être le fait de jeunes chercheurs, avant le blocage de leur vieillissement. Tout dirigeant normalement constitué aurait d'ailleurs dû réaliser que cela faisait planer une sérieuse menace sur l'avenir de la recherche, lorsque la loi de l'enfant nul produirait ses effets...Mais d'autres nuages, autrement plus noirs, s'amoncelaient au-dessus de nos têtes... »

7.

« Moi-même, je continuais à me rendre à mon laboratoire du MIT – qui s'appelait désormais université privée USB1 – plus pour m'occuper et suivre les travaux des autres que dans l'espoir d'apporter quoi que ce soit à la Science avec un grand S. C'est ainsi que j'eus connaissance un matin de 2733, de l'étonnante découverte d'un jeune Sino-japonais de vingt-huit ans, Narushaël Tienlin. J'ai préparé une traduction en français d'un article écrit à l'origine en esperanglish par Narushaël Tienlin lui-même, une dizaine d'années plus tard, à fins de vulgarisation. Je vous la lis :

> **Préliminaires**
>
> Qu'il soit clair d'entrée que ceci est un article de vulgarisation. Vous n'y trouverez ni équations, ni démonstrations. Les lecteurs intéressés par l'aspect technique du sujet pourront se reporter à mes autres publications, ou à celles que je donne dans la bibliographie.

« Bien sûr, je vous ferai grâce de cette biblio, toute composée de livres ou d'articles non encore publiés à votre époque, sauf peut-être la Relativité d'Albert Einstein. »

> Mon but ici est de faire comprendre au plus grand nombre quelle est la structure du monde dans lequel nous vivons, et

les perspectives inattendues que nous ouvre la récente compréhension de cette structure. Le modèle d'Univers que je vais vous présenter est issu des travaux du laboratoire d'astrophysique de l'université d'État de la conurbation CB du secteur E-Asia, auquel j'ai l'honneur et le privilège d'appartenir, et est basé sur l'analyse statistique des exo-systèmes.

LES VARIÉTÉS, OBJET MATHÉMATIQUE DE BASE POUR LA DESCRIPTION DE L'UNIVERS

Il est essentiel, pour bien me suivre, d'avoir une notion au moins intuitive de ce qu'est une variété. Le plus simple pour cela est que je donne quelques exemples. Une variété de dimension 1, c'est une courbe. La variété de dimension 1 la plus simple est donc la droite (qui est, pour le mathématicien, un cas particulier de courbe...). Une variété de dimension 2, c'est une surface qui, elle aussi, peut être courbée. La variété de dimension 2 la plus simple est le plan. Un autre exemple essentiel de variété de dimension 2, c'est la sphère, au sens usuel. Remarquons au passage que le plan est plus qu'un simple exemple : en effet, si on se place en un point quelconque d'une variété de dimension 2 (pensez à la sphère terrestre, pour fixer les idées), on peut « poser » un plan sur ce point de telle sorte que, localement, ce plan soit quasiment confondu avec la variété (dans le cas de la Terre, c'est le plan dit « horizontal »). Cette propriété est en fait la définition même d'une variété de dimension 2, et le plan qu'on y « pose » est appelé le plan tangent à la variété au point considéré

Pour reprendre le cas de la Terre, c'est justement cette confusion entre la variété et son plan tangent (le plan horizontal) qui est à l'origine de l'antique croyance en une Terre plate.

Les choses deviennent intéressantes pour la dimension 3. Qu'est-ce qu'une variété de dimension 3 ? Le seul exemple que nous donnent nos sens, c'est l'espace dans lequel nous sommes plongés (deux dimensions horizontales plus une dimension verticale). Pendant des siècles, on a cru que c'était là le seul modèle possible d'Univers. Mais les mathématiciens, dès le XIXe siècle, ont commencé à imaginer que cet espace pouvait lui aussi être courbe, et que le penser droit c'était refaire la même erreur qu'on avait commise en imaginant la Terre plate. C'est-à-dire que l'Univers serait une variété de dimension 3, et non simplement un espace (droit) de dimension 3. L'espace que nous croyons bien connaître, ne serait alors que l'espace tangent à la variété-Univers, vu depuis le point que nous occupons.

Dès le XXe siècle, le génial Albert Einstein devait démontrer que cette vue de l'esprit était une réalité, et que, au moins par endroits, au voisinage des astres, notre Univers était bel et bien courbe !

LE PROBLÈME ARDU DE LA REPRÉSENTATION

Mais on se heurte maintenant à une difficulté majeure. Autant il est facile de représenter une sphère sur un dessin (car nous l'imaginons « plongée » dans l'espace de dimension 3), autant cela devient mission impossible pour une variété de dimension 3 (puisqu'il faudrait l'imaginer plongée dans un espace de dimension 4, qui n'est plus à la portée de nos sens, mais seulement de nos équations).

Et pourtant, cet espace de dimension 4 existe bel et bien : c'est l'espace-temps d'Einstein, ou de Minkowski. Ses quatre dimensions sont les trois dimensions de l'espace plus une dimension en peu spéciale, le temps. Et la question se pose encore : cet espace-temps est-il réellement un espace (droit…), ou est-il lui-même une variété de dimension 4…

Si on ne veut pas trop mathématiser le problème, il existe toutefois une solution pour arriver à se représenter tout cela : c'est de faire des « coupes ». Ainsi, si je coupe une sphère par un plan, j'obtiens un cercle, variété de dimension 1, qui représente encore assez bien à nos yeux une sphère (en général, on ajoute au dessin un équateur ellipsoïdal qui lui-même veut représenter un autre plan de coupe…). Si je coupe maintenant ce cercle par un autre plan, j'obtiens deux points seulement, qui constituent, mathématiquement parlant, une variété de dimension zéro. Cette fois, j'ai perdu énormément d'information puisque ces deux points représentent très mal une sphère ! Mais j'ai réussi à donner une image, si imparfaite soit-elle, d'une variété de dimension 2 par une variété de dimension 0. J'ai donc « gommé » deux dimensions.

Si je réalise la même opération sur la variété espace-temps

(qui est, rappelons-le, de dimension 4), je vais donc obtenir une variété de dimension 2, disons pour simplifier les choses : une sphère. Bien sûr, j'ai le choix de mes plans de coupe (qui seraient plutôt, en l'occurrence, des « espaces de coupe »). Je décide donc de les choisir de manière à supprimer deux dimensions de l'espace et de n'en conserver qu'une, plus bien sûr, le temps. À l'issue de ces deux coupes successives, l'espace « habituel » de dimension 3 ne m'apparaîtra plus que comme une variété de dimension 1, de même que le temps. Les questions sont : 1) comment s'agencent ces deux variétés de dimension 1 (donc deux courbes) à la surface de la sphère que j'ai obtenue ? 2) cette disposition rend-elle bien compte du réel ? La réponse à la question 2) est oui et la réponse à la question 1) figure sur le dessin ci-dessous.

« Là, je ne peux pas vous transmettre le dessin qui figure dans l'article(2), puisque je suis sûr qu'à l'époque que je vise par ce message la technique de représentation graphique Digit3d n'était pas inventée, et vous ne pourriez pas décoder le signal correspondant. Je dois donc essayer de vous décrire ce dessin. Comme l'a dit Tienlin, il s'agit d'une sphère. Sur cette sphère sont dessinés deux méridiens ; numérotés 1 et 2, et une spirale tournant presque horizontalement autour de la sphère, avec une légère inclinaison toutefois par rapport aux parallèles, et se terminant à chacun des deux pôles – ou plutôt ne se terminant pas – par une sorte de vortex, où les spires se resserrent de plus en plus, jusqu'à devenir indissociables. Une flèche posée sur la spirale voulait indiquer qu'elle partait du pôle sud pour finir au pôle nord. Attention ! Les expressions que j'utilise sont empruntées à la terminologie de la géographie terrestre mais ne doivent pas induire en erreur : cette sphère représente la variété espace-temps, et non la Terre !

« Je relaisse la parole à Narushaël Tienlin.

LES CONSÉQUENCES DU MODÈLE « *BIG WHIRL* »

Il faut bien comprendre que les méridiens de cette sphère sont en réalité des espaces à trois dimensions, comme celui que nous sentons autour de nous. Plus exactement, ce sont des variétés de dimension 3, puisque ces méridiens, comme la variété qu'ils représentent, sont courbes.

Mais la courbe qui est vraiment signifiante, c'est la spirale qui court autour de cette sphère, et qui représente l'écoulement du temps absolu. Je ne m'étends pas sur l'existence de ce temps absolu, concept contesté dans l'enthousiasme des débuts de la relativité, mais revenu en force depuis. Cette spirale naît (selon quelles modalités ? C'est encore une grande question) à un pôle de la sphère : c'est le lieu-instant du « *Big Bang* », puis s'achemine en trente milliards d'années vers le pôle opposé, où elle s'effondre sur elle-même, en un « *Big Crunch* » exactement symétrique.

Le méridien N° 1 représente donc l'univers spatial à un instant donné, et le méridien N° 2 le même univers à un autre instant. On passe de l'un à l'autre en suivant la spirale, et en passant par une suite continue d'états intermédiaires, qui sont tous les méridiens que je n'ai pas dessinés entre le N°1 et le N° 2. C'est l'écoulement du temps que nous connaissons bien, le seul appréhendable à l'échelle de la vie humaine (du moins jusqu'à présent…).

Mais si on continue à suivre la spirale après le méridien N° 2, et qu'on fait trois quarts de tour, on va rencontrer à nouveau le méridien N° 1, mais *ailleurs,* plus près du pôle nord ou, si l'on préfère, plus près du lieu-instant du *Big Crunch.* Qu'est-ce que ça veut dire physiquement ? Ça veut dire que la matière présente au premier point d'intersection entre la spirale du temps et l'univers spatial N° 1 va se retrouver, *simplement en vieillissant,* en un autre point du *même* univers spatial. Et cette situation va se reproduire une infinité de fois entre le *Big Bang* et le *Big Crunch.* Conclusion : les astres ne sont pas uniques, mais figurent non seulement plusieurs fois, mais une infinité de fois dans le même univers spatial. Autrement dit, les étoiles de notre ciel sont infiniment moins nombreuses qu'elles le semblent, mais ce sont leurs images qui nous apparaissent en si grand nombre, leurs images à différentes époques de leur vie. Cette découverte ouvre des perspectives incroyables, comme la possibilité théorique de voyager dans le temps, en suivant les géodésiques de l'espace-temps (c'est-à-dire la ligne la plus directe d'un lieu-instant à un autre), au lieu de suivre la spirale du temps !

BREF HISTORIQUE DE LA DÉCOUVERTE

Le modèle d'Univers que je viens de vous présenter (une sphère de dimension 4 sur laquelle court la spirale du temps) est issu des progrès les plus récents de l'analyse statistique des exo-systèmes. Qu'est-ce à dire ?

Dès le XXIe siècle, avant les guerres, des chercheurs s'étaient étonnés de constater qu'il manquait des fréquences dans le « bruit de fond » de l'Univers. Cette observation suggérait déjà que l'Univers n'était pas infini : de même qu'un petit tambour ne pourra pas donner de sons aussi graves qu'un gros (tout simplement parce que la longueur d'onde des graves dépasserait le diamètre du petit tambour), un Univers infini n'aurait pas dû présenter cette carence de « graves » (je mets le mot graves entre guillemets, parce qu'il s'agit ici d'ondes électromagnétiques, et non pas, bien sûr, d'ondes sonores).

Certains chercheurs avaient dès lors commencé à proposer des modèles d'Univers susceptibles de rendre compte de ce déficit. Je pense entre autres à un article de Jean-Pierre Luminet, que j'avais lu très jeune et qui n'est pas pour rien dans ma vocation, où ce physicien du secteur W-Europe proposait comme modèle le « dodécaèdre de Poincaré », un genre de polyèdre ou les faces opposées se rejoignaient. Le concept était un peu délirant, mais on y trouvait pour la première fois l'idée juste que les astres figuraient « en plusieurs exemplaires » dans notre ciel.

Depuis ces temps héroïques, nos moyens d'investigation spatiale ont considérablement progressé, et au fil des siècles, le recensement des étoiles et des exo-systèmes, c'est-à-dire des planètes qui gravitent autour de pratiquement chacune de ces étoiles, ont rempli des disques durs entiers d'ordinateurs, à tel point qu'il devenait urgent de mettre de l'ordre dans ces données, d'adopter des grilles de classification. C'est l'objet de la discipline connue sous le nom d'analyse statistique des exo-systèmes.

Rapidement, on s'est aperçu que les systèmes figuraient tous au moins en trois exemplaires en trois endroits différents du ciel, puis, au fil de l'accroissement des données en cinq, en sept, etc. Vous l'aurez compris, il s'agissait des mêmes systèmes aperçus dans les deux spires les plus « proches », puis dans les deux suivantes, etc. C'est alors que m'est venue l'idée de la spirale du temps, ou Big Whirl, qui m'a valu le prix Nobel de Physique. Il ne restait plus qu'à vérifier les azimuts sous lesquels nous apparaissaient les systèmes identiques pour déterminer la courbure de l'Univers et les caractéristiques géométriques de la spirale du temps. »

– C'est du grand délire ! commenta Hartmut Tausend.

– Mais pas du tout, répliqua Côme Abahoumba. Ça m'a l'air très cohérent, au contraire.

– Ce qu'il dit à propos de Jean-Pierre Luminet est tout à fait exact, en tout cas, confirma Pascal Baüy.

Mais Anatoli Le Fur avait déjà enchaîné :

« Dans cet article, Tienlin n'évoque que dans les grandes lignes les conséquences de sa découverte, à savoir la possibilité de « voyager dans le temps », en suivant les géodésiques de l'espace-temps, c'est-à-dire les lignes réalisant la plus courte distance entre deux lieux-instants. Le problème de déterminer ces géodésiques aurait pu s'avérer ardu s'il n'avait été résolu par la genèse même de la théorie : il n'y avait qu'à « viser » les exo-systèmes analogues au nôtre. Ces exo-systèmes étaient comme des bornes marquant les endroits où la spirale du temps reperçait – ou avait déjà percé – notre variété spatiale de dimensions trois. Les deux exo-systèmes analogues les plus proches se situaient à environ 218 années-lumière de la Terre : un peu moins pour celui qui était situé dans notre passé, un peu plus pour celui qui était situé dans notre avenir. Ces petits écarts confirmaient que nous nous situions dans « l'hémisphère sud », entre guillemets, de la sphère de Tienlin, c'est-à-dire dans la zone où l'Univers était encore « en expansion », pour utiliser l'ancienne terminologie. Pour le dire d'une autre manière, nous étions encore plus près du *Big Bang* que du *Big Crunch*.

« La découverte de Tienlin allait mettre les larouchiens dans tous leurs états ! Pour eux qui rêvaient depuis des siècles de découvrir des exoplanètes habitables et d'aller les coloniser, afin de résoudre le problème de la surpopulation, la victoire semblait à portée de la main ! Enfin, si l'on peut dire... 218 années-lumière ne sont pas exactement « à portée de la main » !... Je rappelle, pour d'éventuels auditeurs non scientifiques qu'une année-lumière est la distance parcourue par la lumière en une année. Sachant que la vitesse de la lumière est de 300 000 kilomètres *par seconde,* une année-lumière représente donc quelque chose comme 10 000 milliards de kilomètres. Nous avions donc acquis la certitude qu'à environ deux millions de milliards de kilomètres, on pouvait trouver une planète habitable, qui n'était autre que la Terre...

« Avant les intrajections, un tel renseignement n'aurait été d'aucune utilité pratique. Dans la mesure où aucun projectile interstellaire n'atteignait à l'époque ne serait-ce qu'un pour cent de la vitesse de la lumière, il aurait fallu 21 800 ans pour qu'un vaisseau spatial parvienne à la plus proche des ces « isoplanètes », comme on les appela par la suite – isoplanète +1, +2 ; etc. pour celles du futur, et, bien sûr, isoplanète –1, –2, etc. pour celles du passé. Il n'y serait bien évidemment jamais arrivé *du vivant de ses occupants* !

« Mais, au XXVIIIe siècle, les progrès accomplis dans la résistance des matériaux à la chaleur permettaient d'utiliser la « fronde solaire », c'est-à-dire d'accélérer nos vaisseaux en les faisant passer tout près du Soleil, afin d'utiliser son champ de gravité comme principale énergie de lancement, et on pouvait ainsi leur communiquer des vitesses de l'ordre de 10 % de la vitesse de la lumière, et même légèrement supérieures. À cette vitesse, il faudrait donc environ 2 000 ans pour atteindre les isoplanètes les plus proches, délai tout à fait compatible avec la nouvelle longévité humaine !

« Les volontaires pour une telle odyssée se seraient recrutés par légions chez les larouchiens, et même en dehors de ces extrémistes. Le gouvernement néo-intègre, bien qu'un peu réticent au début, lança un grand programme de recherche sur la faisabilité d'un tel projet. Mon laboratoire allait être concerné de près, puisque c'est nous qui étions chargé de mettre au point la liaison radio avec l'éventuelle expédition, et, le cas échéant, avec les Terriens de l'époque cible… Vous-mêmes qui m'écoutez ! [Silence…] Si quelqu'un m'écoute…

« Il fallait déterminer cette cible. Évidemment, il ne pouvait s'agir que des isoplanètes –1 ou +1, dans un premier temps. Le choix se porta sans trop d'hésitation sur Iso –1, et ce pour deux raisons principales.

« Premièrement, si nous étions certains que la planète Terre était habitable dans son état –1, nous ne pouvions en être catégoriquement sûrs pour son état +1, puisqu'il s'agissait du futur… Bien sûr, le voyage nous aurait sorti du doute, mais il aurait peut-être été dommage d'accomplir deux mille ans de trajet pour se rendre compte qu'on s'était fourvoyé dans un cul-de-sac…

« Deuxièmement, les larouchiens les plus convaincus voyaient dans la découverte de Tienlin le pendant physique de celle de Zorn pour la biologie. Comme Zorn et Dupont nous avaient offert l'immortalité individuelle, Tienlin ne nous apportait peut-être rien de moins que l'immortalité de l'espèce humaine ! Il suffirait en effet d'effectuer régulièrement un saut en arrière lorsqu'une spire de temps serait écoulée, pour revenir à notre point de départ et reculer ainsi à jamais l'échéance du *Big Crunch*, ou même, à plus court terme, celle de la mort du Soleil. Les plus aventureux, qui ne craindraient pas d'aller affronter les tyrannosaures, pourraient même s'aventurer sur des spires plus anciennes et plus… exotiques. Tout cela était très beau en théorie, mais il y avait un hic : qui avait jamais entendu parler dans l'Histoire, notre Histoire, de l'arrivée de visiteurs du futur ?…

« Quoi qu'il en soit, l'expérience méritait indéniablement d'être tentée. Pendant que les astronomes de la GASA se lançaient dans des calculs proprement astronomiques pour calculer la trajectoire avec une précision jamais requise jusque-là, pendant que les ingénieurs concevaient une machine non seulement performante, mais capable d'abriter un nombre suffisant de passagers durant deux mille ans, pendant que d'autres encore réfléchissaient à la logistique au cours du voyage et après l'atterrissage, nous-mêmes nous construisions dans le secteur S-America, dans la cordillère des Andes, le radiotélescope géant que j'utilise aujourd'hui pour vous parler. »

Ambrosio Saavedra mit l'enregistrement d'Anatoli Le Fur sur *pause*.

– Vous avez entendu, Messieurs? Anatoli Le Fur nous parle peut-être d'ici même, du Chile ! C'est increíble !

L'excitation du directeur de la station lui faisait perdre son français…

– Oui… En même temps, il n'y a pas de hasard, répondit Pascal Baüy. Si les conditions atmosphériques au-dessus du désert d'Atacama sont restées à son époque ce qu'elles sont aujourd'hui, c'était effectivement le meilleur endroit du monde pour installer ce radiotélescope.

– Et la GASA ? Il ne nous dit pas ce que c'est, l'ami Anatoli, fit remarquer Côme Abahoumba.

– C'est très probablement l'héritière de la NASA, répondit Hartmut Tausend. Le G doit abréger « *Global* ».

L'Allemand prouvait ainsi qu'il n'était pas cryptologue pour rien… Mais tout le monde avait envie de connaître la suite.

– Excusez-moi pour cette interruption, Messieurs.

Sur ces paroles, Ambrosio Saavedra libéra le bouton *pause*.

8.

« Finalement, la date de lancement de « *Double H* » – pour « Humanity Hope » – fut arrêtée au 30 juin 2771, bien des années après les travaux de Tienlin, comme vous le voyez. Mais depuis les intrajections, quelques décennies ne comptaient plus, et un projet de cette envergure devait être mûrement pensé. Tous les équipements du vaisseau devraient tenir deux mille ans et plus. Les passagers eux-mêmes devraient être triés sur le volet pour être aptes à supporter une pareille claustration !

« Les préparatifs de cette expédition, qui mobilisaient des milliards et des milliards de WU, avaient tendance à occulter les autres sujets d'actualité, surtout au sein de la communauté scientifique, à laquelle j'appartenais. Le gouvernement néo-intègre faisait d'ailleurs tout pour que l'opinion publique s'intéressât plus aux détails de ce projet – j'allais dire pharaonique, mais ce serait encore le minimiser que le qualifier de tel – qu'aux diverses pénuries qui continuaient de sévir et auxquelles, il faut bien le dire, nous nous étions habitués. L'obsession démographique elle-même était passée au second plan. La loi de l'enfant nul était toujours en vigueur et le département des statistiques sociales nous servait des chiffres en baisse constante. Baisse minime, mais constante…

« Je n'aurais donc rien de spécial à vous signaler jusqu'au départ de *Double H,* si ce n'est une autre nouvelle scientifique, qui passa totalement inaperçue à l'époque. Moi-même je n'y aurais pas fait attention si je ne m'étais pas, d'une certaine manière, senti concerné. Il ne s'agissait pas, cette fois de physique, mais de biologie. On nous annonça au cours de l'année 2753 la mort de la dernière drosophile à laquelle Zorn et Dupont en personne avaient greffé de l'ADN de lapin modifié. Elle avait vécu près de sept siècles, ce qui constitue, on en conviendra, une belle longévité pour une mouche, et même pour un lapin ! Toutefois, et c'est la raison pour laquelle j'en fus affecté, ce décès venait nous rappeler que le gain de longévité obtenu n'était pas une vraie immortalité et que tôt ou tard il nous faudrait encore mourir de hasard… La suite de l'article disait que l'expérience allait être renouvelée, avec des drosophiles auxquelles on allait intrajecter de l'ADN de tortue géante. Pourquoi de tortue ? Parce qu'il y avait déjà une expérience en cours, et à grande échelle ! avec l'ADN de séquoia, et les dix milliards de cobayes que constituait les intrajectés du XXIIIe siècle. Avec la tortue géante, on avait un moyen terme, qui permettrait de confirmer si besoin était l'efficacité de la modification de

Dupont. Si la première population de drosophiles avait multiplié la longévité du lapin par un facteur 100, on pouvait raisonnablement espérer que ces nouvelles héroïnes de la science allaient atteindre les 20 000 ans ! Retenez bien la date : nous étions en 2753…

« Le 30 juin 2771, comme prévu, on lança *Double H* depuis la base de Kourou, secteur S-America, une ancienne base française qui n'avait cessé de se développer depuis la mise ne place du gouvernement mondial. En tant qu'officiel du projet, j'assistai à la cérémonie grandiose organisée autour de ce départ. J'aperçus même de loin, derrière une vitre blindée Barta Doguiromani en personne, dans son fauteuil roulant – il y avait déjà longtemps que son obésité l'empêchait de marcher.

« On avait sélectionné vingt hommes non stérilisés, et autant de femmes, pour ce premier voyage. La sélection avait été rude, et on avait essayé d'éviter d'incorporer des larouchiens, ou même de leurs sympathisants, à cet équipage dont l'orthodoxie néo-intègre-athée devait être sans faille, afin qu'il puisse devenir « le ferment de la vraie civilisation », selon les termes mêmes de Doguiromani, s'ils étaient appelés à faire souche sur Iso –1 ou, si on préfère, sur notre bonne vieille Terre. En tout cas, ce n'était pas en envoyant au diable quarante personnes tous les deux mille ans qu'on réglerait le problème de la surpopulation, n'en déplaise aux larouchiens…

« Mais j'y pense tout à coup : vous vous étonnerez peut-être que nous nous lancions ainsi tête baissée dans une pareille aventure plutôt que tenter d'entrer d'abord en contact radio avec Iso –1, avec vous à qui je parle aujourd'hui… à qui j'espère parler, en tout cas… Ceci me ramène à un problème que n'avait pas pu résoudre Tienlin, sur lequel on a fait des progrès depuis, mais qui n'est toujours pas entièrement résolu… et qui ne prend pas le chemin de l'être jamais… C'est le problème de la taille de l'Univers. Il n'est pas dans mon propos de vous expliquer tous les tenants et aboutissants de la théorie de Tienlin, mais je vous rappelle que l'un de ses mérites était d'expliquer le déficit de « graves » dans le bruit de fond de l'Univers. Comment ? Eh bien en prouvant que la variété Univers était ce qu'on appelle en mathématiques un compact sans bord, en tout cas quelque chose de *fini*. La question se posait donc naturellement d'en déterminer les dimensions. Une deuxième question, intimement liée, était la vitesse de parcours de la spirale du temps. En d'autres termes : combien de temps s'écoule-t-il pour que le vieillissement d'un objet le ramène dans le *même* Univers ? Cette question était évidemment cruciale pour essayer de déterminer à quelle époque de l'histoire de la

Terre allait parvenir *Double H*. Bien sûr, on aurait la réponse lorsque le vaisseau serait parvenu à son but mais ça, ce ne serait pas avant deux mille ans. L'atterrissage de *Double H* était prévu pour l'année 4854 – je veux parler de *notre* année 4854. Et même après cette date, il nous faudrait attendre 217 ans pour avoir une réponse ici, le temps que leurs messages radio nous parviennent, à la vitesse de la lumière... Eh oui, cela nous reportait à l'année 5071, au VIe Millénaire ! On pouvait à l'époque raisonnablement espérer que le problème serait résolu avant... Mais au moment du lancement de *Double H*, on ne savait pas grand-chose sur la vitesse de parcours de la spirale du temps. On estimait que la date – *votre* date – à laquelle le vaisseau arriverait chez vous était comprise entre – 2000 et + 2000. Or ce n'était que dans l'extrême haut de cette fourchette que nous pouvions espérer entrer en contact avec la Terre au moyen d'ondes électromagnétiques, les outils de détection manquant complètement avant, disons, le milieu du XXe siècle... Ce n'est donc que sur la toute fin du voyage en cours que nous pourrions tenter avec quelque probabilité de succès de prendre contact avec Iso –1 pour annoncer l'arrivée de nos « visiteurs ». Il n'y avait donc rien d'autre à faire, pour l'heure, que d'envoyer ce vaisseau en éclaireur, pendant que nous peaufinions ici l'émetteur-récepteur surpuissant qui nous permettrait de dialoguer jusqu'au bout avec *Double H*, et de tenter, dans un futur encore bien lointain, d'entrer en contact avec vous...

– *Contact, Anatoli? Oh yes, full contact, Anatoli!... Fuck your Godiva, pleeease...* »

– Il ne va pas remettre ça, tout de même ! remarqua Côme Abahoumba.

« *I can't!... Stop it!... I tell you I can't!* »

– Ah! Tout de même! commenta encore le petit Africain.

« *Flaccid impotent! Emasculated bastard! I will ask my mates to ease me...*

[Ce petit dialogue fut conclu par ce qui ressemblait à un claquement de porte.]

« Mais je vous avais promis l'explication de la lubricité de mes compagnes – c'est Godiva que vous venez d'entendre, l'une des plus dangereuses... – et je ne vous l'ai pas encore donnée. Les deux siècles qui suivirent le départ de *Double H* m'apparaissent maintenant comme une vaste parenthèse, un grand vide, le calme qui précède la tempête. C'était nul, c'était petit. [Silence...] Mais je dois avouer que j'en garde une certaine nostalgie !

« La loi de l'enfant nul n'avait toujours pas été abrogée et les babillements, les cris, les pleurs des bambins appartenaient désormais au passé. Les déjà rares écoles et crèches étaient fermées depuis longtemps, et on ne rencontrait plus dans les rues de ces bandes d'adolescents flirtant, assis sur la selle de leur cropter, comme il arrivait encore d'en apercevoir du temps de l'enfant unique. Je ne sais pas si les aréliens continuaient d'enfreindre la loi, et à procréer envers et contre tout. On n'en entendait pratiquement plus parler. En tout cas, s'ils faisaient encore des enfants, ils les cachaient bien !

« Notre monde était donc devenu un monde « pour adultes » et, ne l'oubliez pas, pour adultes à l'apogée de leur développement sexuel. En effet, les gérontes et autres survivants de la grande vague d'intrajections disparaissaient peu à peu, comme les drosophiles de Zorn et Dupont, et il tendait à ne rester que des hommes et des femmes « dans la fleur de l'âge », comme on disait encore du temps de mon enfance. Moi-même, d'ailleurs, j'étais en fait plus vieux que ces gérontes et je craignais de plus en plus qu'un accident stupide ne vienne brutalement mettre fin à ma vie, déjà si longue ! Si je n'avais pas été scientifique, et si je n'avais pas su que la loi des grands nombres ne joue qu'*à l'infini*, j'aurais cru que chaque jour qui passait augmentait la probabilité de ma mort *ce jour-là*. À cette époque, je n'étais d'ailleurs pas en possession de toutes les données du problème, et j'ignorais que cette probabilité était pour moi inférieure à ce qu'elle était pour la quasi-totalité de mes concitoyens… Mais ce n'est pas encore le moment d'en parler… Où en étais-je, déjà ?

« Ah oui ! Je vous parlais de notre monde qui était devenu un monde « pour adultes ». La notion de « filtre parental » sur les réseaux, avait disparu depuis longtemps. Et d'ailleurs à quoi cela aurait-il servi, puisque d'une part il n'y avait plus d'enfants, et que d'autre part ce qu'on appelait autrefois la pornographie s'affichait partout. Le mot même de pornographie avait disparu puisqu'un film ne sortait plus sans qu'au moins la moitié de sa durée consistât en galipettes diverses. Cette évolution des mœurs n'était évidemment pas réservée à la création vidéo, et correspondait à une généralisation dans la société des comportements hypersexuels. Je vous ai déjà parlé, je crois, des opérations de chirurgie esthétique auxquelles avaient eu recours d'abord nos compagnes, puis les hommes eux-mêmes – implantation de pectoraux artificiels, de dilatateurs péniens, etc. D'ailleurs, peu à peu, la différentiation sexuelle s'engageait soit sur des voies outrancières, soit vers un gommage complet. L'homophobie – quel drôle de mot avaient forgé là nos aïeux : « la haine du même », aucun sens ! – l'homophobie, disais-je, avait complètement disparu. Les mots mêmes d'homosexuel et d'hétérosexuel n'avaient plus cours. Tout le monde forniquait avec tout le monde et les quelques illuminés qui n'avaient jamais expérimenté le même sexe – dont j'étais… le plus discrètement possible, je dois dire – passaient carrément pour des anormaux.

« La course au paraître ne se limitait évidemment pas aux opérations de chirurgie esthétique, et les modes vestimentaires avaient été adaptées pour répondre à ces transformations physiques. S'il n'y avait plus de censure sur les réseaux, il n'y en avait pas plus dans la rue, et le terme d'exhibitionnisme avait également été vidé de son sens depuis qu'il n'y avait plus personne à choquer. Je vous laisse à penser à quels débordements, dans tous les sens du terme, on assistait, spécialement l'été. On avait vu se produire une complète inversion des codes. De cacher au moins le sexe, convention primitivement à peu près universelle, on était passé à cacher ce qu'on voulait sauf le sexe ! Les robes de nos femmes étaient coupées de façon à ne rien laisser ignorer de leurs seins, de leurs fesses et de leur pubis, alternativement nu ou fourré, suivant la mode du moment. De même, les hommes les plus engagés dans l'aliénation sexuelle se promenaient « flamberge au vent ». Cette vieille expression, dont j'aime la sonorité, avait été forgée à une époque où la réalité qu'elle évoque constituait une incongruité. Aux XXIXe et XXXe siècles, ce n'était plus incongru, mais au contraire monnaie courante. Mieux, ces muscadins trouvaient élégant, lorsqu'ils croisaient une incroyable tortillant son fessier gonflagelé le long des paséos, de la saluer d'une érection aussi brusque que le garde-à-vous d'un *horse-guard*. La chimie permettait de ces miracles que la nature seule aurait eu du mal à produire.

« Ceci m'amène directement à l'étape suivante de cette course à l'hypersexualité. Une fois que tous les expédients de la mode, de la cosmétique et autres *body-rebuilding* eurent atteint les limites du possible, il fallut bien trouver d'autres moyens, plus efficaces encore, d'exciter le partenaire éventuel, et les laboratoires de biologie travaillèrent presque exclusivement sur ce « problème » pendant ces deux siècles de folie. C'est ainsi qu'on mit au point l'aphrotropine, savant mélange d'hormones et de drogues dures, un médicament qui décuplait le désir, et qui fit fureur spécialement chez nos compagnes, dont c'était souvent là le point faible : je veux dire que jusque-là leur libido pouvait ne pas être à la hauteur de leur aspect extérieur. Avec l'aphrotropine, c'était fini : nos bombes esthétiques devenaient en même temps des volcans sexuels !

« Je dis « devenaient », mais je pourrais dire « deviennent », puisque mes cinq compagnes d'aujourd'hui disposent encore de réserves inépuisables d'aphrotropine – et pour cause ! – et considèrent la prise quotidienne de cet excitant comme un geste d'hygiène, aussi naturel que le brossage des dents... Il est vrai qu'elles ont une excuse... Mais j'allais encore anticiper !

« Revenons donc à ces deux siècles de plaisir et d'insouciance qui suivirent le départ de *Double H*. Peu à peu, le tapage médiatique qui avait entouré ce lancement historique retomba. Et comment en aurait-il été autrement ? On ne pouvait maintenir le suspense pendant deux mille ans ! À part nous autres, qui étions en contact permanent avec l'équipage, plus grand monde ne s'intéressait au sort de ces aventuriers en conserve.

« Depuis les travaux de Tienlin, aucune avancée significative ne s'était produite sur le front des sciences dures, voire des sciences tout court. Certains commencèrent à émettre publiquement l'hypothèse que les découvertes vraiment importantes ne pouvaient être le fait que de jeunes chercheurs, avant leur stabilisation biologique. Or tous les scientifiques du XXIXe siècle et, *a fortiori*, du XXXe siècle, avaient dépassé ce stade – pour certains, dont moi, ô combien ! – et ne pouvaient donc plus accoucher de quelque chose de vraiment innovant. Les tenants de cette hypothèse, les « serviteurs de la Science », comme ils s'étaient eux-mêmes baptisés, écrivirent une lettre ouverte à Barta Doguiromani, pour demander qu'on assouplisse enfin la loi de l'enfant nul, afin de réintroduire un peu de sang neuf dans la mécanique qui se grippait. Au-delà de cet aspect des choses, peut-être finalement secondaire, les gens commençaient à saturer de cette vie monotone, et les « serviteurs de la Science » n'eurent aucun mal à obtenir un milliard de signatures à leur pétition. Barta Doguiromani posa dessus son gros cul d'hippopotame, et ne prit même pas la peine de répondre à cette supplique par un de ces discours dont il avait le secret.

« Pourtant le moment approchait – à l'échelle de nos nouvelles vies, puisque l'échéance était fixée à 3100 – où il lui faudrait remettre en jeu son mandat aux élections réelles semi-millénaires. Il faut dire qu'il envisageait sans doute ce scrutin avec sérénité, eu égard à son bilan. D'une part, il avait bel et bien jugulé la croissance démographique : à l'orée du troisième millénaire, on estimait la population à 21,4 milliards d'individus, et les actuaires du département des statistiques sociales prévoyaient que l'objectif de 21 milliards serait atteint avant les élections de 3100. D'autre part, même s'il n'y était pas personnellement pour grand-chose, c'était sous sa mandature que l'humanité avait conçu et réalisé le plus grand projet scientifique de tous les temps : le lancement de *Double H*. Par ailleurs, l'opposition était quasiment inexistante et, comme je vous l'ai déjà dit, on n'entendait pratiquement plus parler des aréliens, des larouchiens, et autres extrémistes. La réélection du leader néo-intègre s'annonçait donc certaine. Pourquoi, dans ce contexte, aurait-il pris la peine de répondre à quelque pétition que ce fût ?

« Et pourtant il n'allait pas être réélu !... Pour la bonne et simple raison qu'il serait mort... »

[Silence...]

9.

« Il est temps maintenant que je vous parle des bouleversements du XXXIe siècle, dont l'une des moindres conséquences, je dis bien *l'une des moindres,* serait le décès de Doguiromani.

« Dès les premières années du nouveau millénaire, apparut un problème de santé publique inédit. Il s'agissait d'un syndrome psychologique, qui aurait pu faire penser à une maladie oubliée depuis longtemps, qui sévissait chez les vieillards de mon enfance, et qu'on appelait alors maladie d'Alzheimer, du nom du psychiatre allemand qui l'avait décrite au début du XXe siècle. Évidemment, cette maladie d'Alzheimer avait complètement disparu, faute de vieillards au sens clinique du terme.

« Les symptômes de la nouvelle maladie étaient les mêmes : perte de la mémoire immédiate, confusion, état dépressif, agressivité, puis perte progressive du langage. Les chercheurs en médecine, ayant constaté que les premiers cas s'étaient déclarés chez des personnes issues de la grande vague d'intrajections, émirent l'hypothèse que le cerveau de ces patients était « trop plein », que l'abondance de souvenirs avait saturé toutes les connexions neuronales des centres de la mémoire et les avait en quelque sorte « grillées ». C'est pourquoi, dans un premier temps, on baptisa cette maladie « *memory overfull* ».

« Je dois avouer que cette nouvelle m'effraya un peu : si les gens stabilisés dans les années 2220 avaient la mémoire trop pleine, que devrait-il en être pour moi, qui avais cent cinquante ans de plus ?! Allais-je basculer moi aussi dans la démence ? Les années passant, et n'observant sur moi aucun des signes de l'*overfull,* j'en vins naturellement à penser que les chercheurs avaient fait fausse route, et que cette maladie n'avait d'*overfull* que le nom... J'étais encore en contact avec quelques-uns des premiers cobayes de Zorn et Dupont, conçus comme moi *in vitro*, bien avant les premières intrajections. Je leur envoyai des messages pour leur demander de leurs nouvelles. Tous étaient en excellente santé ! Je signalai ce fait au professeur Démion Maféo, le coordinateur d'État des recherches sur ce prétendu *overfull.* Ce mandarin, membre par ailleurs du bureau politique néo-intègre, traita ma communication avec le même mépris que Doguiromani avait montré envers la pétition contre la loi de l'enfant nul : pas une réponse !

« J'en éprouvai un grand dépit, et mon malaise quant à la transparence de nos institutions s'en trouva renforcé. J'aurais pu tirer satisfaction de la suite des événements, qui allait me donner raison, si elle n'avait pas tourné de façon si tragique ! Les réalités finissent toujours par s'imposer à qui veut les nier et le couvercle de déni posé par les autorités sanitaires sur la marmite bouillonnante de l'épidémie allait leur sauter à la figure plus rapidement qu'elles ne l'imaginaient.

« C'est vers la même époque, en 3020, que se place un étrange épisode qui, si je l'avais analysé correctement, m'aurait donné la clé de l'énigme de l'*overfull* avant tout le monde. Mais il n'est pire sourd que celui qui ne veut pas entendre, disait-on dans mon enfance…

« Je ne sais plus si je vous l'ai dit mais, en tant que chimère zornienne, j'étais abonné au bulletin annuel du laboratoire d'État qui hébergeait la population de drosophiles à gènes de tortue. Ce bulletin était mis en ligne chaque premier novembre. Or le 1er novembre 3020, je tombai sur ce communiqué laconique, que je vous ai traduit en français :

> Au cours des douze derniers mois, il a été observé un accroissement brutal de la mortalité parmi la population témoin intrajectée en 2753. En fait, aucune de 7 655 drosophiles qui survivaient au début de l'année, sur les 10 000 initialement traitées n'a survécu à ce jour.
>
> Il n'a pas été décelé de facteur pathogène. On s'oriente donc vers la possibilité d'une mauvaise manipulation lors

> de leur intrajection. Nous allons revoir complètement le protocole suivi à l'époque et répéter l'opération sur des souches distinctes et sur des sites isolés, pour éviter le biais introduit par une épidémie, si épidémie il y a.

« Vous savez que je suis un maniaque de l'archivage : j'enregistrai aussitôt ce message. Bien m'en prit car le lendemain il avait disparu du site, remplacé par ce bref erratum :

> Suite à une malencontreuse erreur dans la transmission des données, nous avons publié hier une information erronée sur l'effectif de notre population témoin de drosophiles. Il fallait lire que cet effectif était de 7 654, et qu'un seul décès était à déplorer cette année. Nous nous excusons pour le désagrément qu'aurait pu provoquer l'erreur d'hier. Qu'on se rassure : tout est sous contrôle.

« Tout est sous contrôle ! l'information, en tout cas, l'était… J'avais la chance de connaître personnellement, depuis l'époque où je faisais de la publicité pour les fécondations *in vitro*, le professeur Flys Moranton, né comme moi en *former* France, directeur du laboratoire en question. Je l'appelai le jour même, et enregistrai notre conversation. La voici :

[Clic !]

– Allo ? Professeur Moranton ? Ici Anatoli Le Fur.

– Ah ! Monsieur Le Fur ! Ça fait plaisir d'entendre parler français ! Ça faisait des siècles…

[Rires de chaque côté.]

– Et que me vaut l'honneur de votre appel ?

– Eh bien, j'ai reçu votre bulletin annuel hier, ainsi que l'erratum d'aujourd'hui…

– Ah oui ! Ah bon ?

– Et je suis un peu étonné par la volte-face complète entre les deux communiqués. Qu'en est-il en réalité de ces pauvres drosophiles ?

– Eh bien… Eh bien, s'il y a un erratum, c'est qu'il y a eu erreur, non ?

– Bien sûr ! Mais je pensais que vous pourriez m'en dire un peu plus.

– Eh bien non ! *I can't tell you more. Sorry, but with the new intra… Anyway, I'm very busy. Excuse me!*

[Touu-wit !]

« Qu'auriez-vous pensé à ma place ? J'en acquis, quant à moi, la certitude que le reste de l'échantillon de drosophiles à gènes de tortue avait bel et bien péri de façon brutale et inexpliquée. Or nous étions en 3020, et ces mouches avaient été traitées en 2753. Elles avaient donc vécu 267 ans, laps de temps ridicule face aux 20 000 ans escomptés, et même face aux 700 ans qu'avaient mis à disparaître leurs cousines à gènes de lapin. Ce qui était plus inquiétant, c'était qu'après une phase de décroissance naturelle étalée sur deux siècles et demi, les trois quarts restants avaient succombé en moins d'un an ! Il me fallut cependant beaucoup de temps pour tirer les conséquences logiques de ce fait expérimental. Vous qui m'écoutez, et qui avez peut-être déjà compris, ne me blâmez pas trop ! Rappelez-vous que je vous livre une sélection d'événements qui ne se présentaient pas forcément ainsi hiérarchisés dans mon quotidien de l'époque.

« Mais des moucherons revenons aux humains. Comme je ne suis pas sûr de l'époque à laquelle parviendra mon message, je vous rappelle – ou vous apprends… – que la maladie d'Alzheimer, après son cortège d'effets neurologiques dévastateurs, débouchait à l'horizon de dix à quinze ans sur la mort du patient. Dès 3025, l'*overfull* démontra qu'il avait le même pouvoir létal ! Les premiers touchés par la maladie décédèrent, provoquant la panique, non pas chez les autres malades, qui avaient perdu leurs facultés d'analyse, mais chez leurs proches et, à un moindre degré, dans la population tout entière, qui pouvait se sentir à bon droit menacée…

« Nous n'étions plus très familiarisés avec la maladie et la mort, et cela fut un véritable traumatisme. La gaieté des siècles précédents s'éteignit comme le soleil dans un ciel d'orage. Les seins, les sexes réintégrèrent leurs caches textiles, et les muscadins débandèrent. Nous approchions des heures les plus sombres de mon récit, égalées peut-être en horreur fade seulement par celles que je vis actuellement… »

– Eh bien, mon salaud ! intervint Côme. Et tes Pussi, Oryana, Godiva ? Il est bien ingrat, notre Anatoli !…

« L'épidémie s'emballa. Le nombre de décès augmentait de jour en jour, tandis que le nombre de nouveaux cas d'*overfull,* lui, explosait, promettant à très court terme une hécatombe comme l'Humanité n'en avait encore jamais connue !

« Il fallait agir, et rapidement ! Le gouvernement néo-intègre ne semblait pas avoir pris toute la mesure du problème et, contrairement à son habitude, semblait totalement enlisé dans l'inaction. Barta Doguiromani n'était pas apparu sur les écrans depuis plus de dix ans et des rumeurs commencèrent à circuler, selon lesquelles il était lui-même atteint d'*overfull.* C'était bien possible, après tout, et cela pouvait en partie expliquer l'inertie du système, devenu pyramidal au cours des quelques siècles précédents.

« Il faut dire, à sa décharge, que le gouvernement le mieux organisé aurait eu bien du mal à faire face ! Les hôpitaux, psychiatriques d'abord, hôpitaux tout court ensuite, débordaient, puis ce furent les morgues, les centres d'incinération… Il fallut avoir recours à des fosses communes, horreurs qu'on avait complètement oubliées depuis les guerres, près de mille ans plus tôt !

« Circonstance aggravante : l'administration ne pouvait plus se fier à ses agents, qui sombraient les uns après les autres dans la démence, que ce soit dans les départements d'État, dans les centres de soin ou dans les services de disposition des corps – ce qu'on appelait peut-être encore pompes funèbres à votre époque.

« La progression de l'épidémie, puisqu'il faut bien l'appeler ainsi, semblait exponentielle. On attendait dans l'impuissance l'effet « sigmoïde », dont j'ai déjà parlé dans le contexte de l'évolution démographique. Il est inutile de dire que les biologistes étaient complètement incapables de faire progresser les recherches sur la maladie, leurs services étant, comme le reste de la société, totalement désorganisés par l'épidémie. Les chercheurs tombaient eux aussi comme des mouches. « Comme des mouches !… ». C'est vers cette époque, vers 3030 donc, que je compris enfin de quoi mouraient mes concitoyens, mes collègues, mes amis ; et en même temps, pourquoi moi-même, je ne serai jamais atteint !

« La différence entre eux et moi était la même qu'entre les drosophiles à gènes de lapin et les drosophiles à gènes de tortue. Les premières avaient été conçues *in vitro,* comme moi, alors que les secondes avaient été intrajectées, exactement comme les victimes de ce prétendu *overfull.* Autrement dit, on avait introduit le virus ZDV dans les organismes de ces dernières drosophiles, contrairement à ce qui s'était passé avec leur aînées, pour qui les gènes avaient été greffés « à la main », si je puis dire. Il fallait maintenant se rendre à l'évidence : le virus ZDV était bel et bien pathogène ! Il présentait une durée d'incubation inégalée à ce jour – et pour cause ! – de 260 ans chez les drosophiles et de 800 ans chez l'humain, mais cette certitude m'apparut soudainement : c'était bien lui qui était responsable de ce prétendu *overfull* !

« La vérification n'était théoriquement pas difficile à effectuer : il suffisait de contrôler si tous ceux qui mourraient alors étaient bien des intrajectés de la grande vague, entre 2222 et 2242. Dans la pratique, ce n'était pas si simple : l'état de désorganisation qui régnait ne rendait pas possible la tenue de statistiques rigoureuses. De plus, la durée d'incubation était possiblement variable d'un individu à l'autre. Or une simple variation de 10 %, sur un temps aussi long correspondait à quatre-vingt ans, laps de temps déjà quatre fois supérieur à la période 2222-2242. Tout ce que je pus faire fut de questionner mon entourage : avez-vous subi l'intrajection ? et, si oui, à quelle date ? Je vérifiai aussi une fois de plus que les conçus *in vitro* que je connaissais n'étaient toujours pas atteints. Cette micro-enquête s'avéra plus que concluante. Non seulement j'en sortis convaincu que j'avais vu juste mais, en plus, le temps d'incubation semblait extraordinairement constant d'un individu à l'autre : la maladie se déclarait à quelques années près autour de 785 ans après l'intrajection.

« J'étais très réticent à appeler à nouveau Flys Moranton, suite à la façon abrupte dont il avait mit fin à notre dernier entretien. Je me décidai toutefois à le faire, étant donné l'importance de ce sur quoi j'avais mis le doigt. Son numéro ne répondait pas. M'avait-il mis sur la liste de ses interdits ?... J'appelai le secrétariat de son labo. On me répondit que le professeur Moranton était depuis plusieurs mois en maison de repos...

« Vers qui pouvais-je me tourner ? Je pensai à Démion Maféo, à qui j'avais envoyé quelques années auparavant une lettre déjà en lien avec ce sujet, restée sans réponse. Je n'avais pas son code-réseau, et je consacrai une grande énergie à sa recherche, par relations interposées. Au bout de plusieurs semaines de démarches, je l'obtins enfin et j'allais l'appeler lorsque le réseau mondial connut sa première implosion générale !

« Eh oui ! On a tendance à oublier, lorsque tout marche bien, que ce réseau nécessite une maintenance continue. Or les agents des services de connexion informatique n'étaient pas plus immunisés que les autres contre la maladie… L'État réussit à rétablir le réseau quelques semaines plus tard, mais il n'allait pas cesser de connaître une alternance de pannes plus ou moins longues, suivies de remises en service parfois éphémères, jusqu'à la fin de la crise. En tous cas lorsque le réseau fut rétabli pour la première fois, j'avais bien d'autres soucis que celui de chercher à joindre Démion Maféo. En effet, dans une société ou tout ou presque reposait sur ce réseau, son écroulement porta un coup sévère, sinon fatal, à toute la logistique d'approvisionnement, provoquant les premières pénuries généralisées depuis les guerres. Et lorsque votre propre subsistance est en jeu, tous les autres problèmes passent au second plan, je vous prie de me croire !

« Les années qui suivirent furent terribles. Les coupures en tout genre : eau, électricité, réseaux, les pénuries diverses, principalement alimentaires, devinrent notre triste quotidien, mobilisant toute notre énergie pour y faire face. L'état sanitaire de la population se dégrada à toute vitesse et bientôt l'*overfull* ne fut plus la seule cause de mortalité, ni même peut-être la principale ! Les services de répurgation n'étaient plus assurés non plus et, comme je vivais alors dans l'une des plus grandes conurbations du monde, USB14, cela devint rapidement invivable. Comme tous les citadins qui le pouvaient, je dus me réfugier à la campagne. Je me souviens encore de ma sortie de la ville. Les interminables banlieues étaient jonchées de cadavres, et l'odeur y était pestilentielle. Je n'en jurerais pas mais, dans la lueur de mes phares, je crois bien que j'assistai à une scène d'anthropophagie. J'entendais de temps en temps des tirs d'armes automatiques. La police ? Des pillards ? Je conduisais mon Hélydra aussi vite que je pouvais, surtout sans chercher à en savoir plus… Je connus ce jour-là une peur panique. Avais-je vécu presque un millénaire pour finir dépecé par des congénères affamés, comme un Néandertal ? Je ne sais pas si notre nouvelle longévité attaquait notre mémoire, mais ce dont je suis sûr, c'est qu'elle n'altérait en rien mon instinct de conservation, bien au contraire ! Ces scènes d'apocalypse resteront pour toujours gravées dans ma mémoire, plus encore que les épisodes ultérieurs de famine, où il me fallait survivre une semaine avec un vieux pain sec et quelques protéines dont je n'ose même pas vous révéler la provenance… Ah, il était beau, le professeur Le Fur !

« Il est inutile de préciser que, durant cette période de troubles, il n'était plus guère question de *Double H*. Mon dernier voyage dans la cordillère des Andes datait de 3027, et à l'époque l'équipage nous avait déjà signalé six cas d'*overfull* et un décès… Je ne savais pas si le contact avait été maintenu entre la station au sol et le vaisseau, mais en tout cas, il était rompu entre la station et moi. J'imagine que l'équipage devait être abominablement inquiet, et il y avait de quoi ! S'il avait été possible pour eux de revenir en arrière, nous aurions tenté de les ramener, mais leur seul moyen autonome de propulsion consistait en quelques petites rétrofusées d'atterrissage, tout à fait insuffisantes pour envisager une manœuvre de retour. La seule solution était de les laisser continuer en leur cachant la vérité…

« Au milieu de toutes ces affres, j'avais tout de même un avantage sur mes concitoyens : je savais, *primo*, que l'épidémie ne me concernait pas directement et, *secundo*, que vers 3042-3045, lorsque tous les intrajectés seraient passés de vie à trépas, on devrait observer au minimum une accalmie. En effet, de deux choses l'une : ou bien le virus ZDV n'avait pas infecté leurs descendants, et l'épidémie prendrait alors quasiment fin, ou bien le virus se transmettait lors de la grossesse, et l'apparition de nouveaux cas prendrait alors une sorte de « rythme de croisière », beaucoup moins catastrophique, correspondant peu ou prou au rythme des naissances de l'époque postérieure à la grande vague d'intrajections. En attendant, il fallait faire le gros dos, et essayer de passer à travers cette tourmente.

« Ce que je viens de dire là ne concerne que moi, et peut-être quelques autres qui avaient compris comme moi de quoi il s'agissait, mais la population dans son ensemble prenait les choses avec moins de recul. Le phénomène de panique était accru par le fait que la progression des cas d'*overfull* semblait – et était, d'ailleurs… – exponentielle pendant ces années-là. En effet, cette progression reproduisait celle du nombre d'intrajections au cours de la période 2222-2242. Or, évidemment, ces intrajections avaient été beaucoup plus nombreuses sur la fin de la période, où les laboratoires tournaient à plein régime, que sur le début, où la technique était encore balbutiante.

« Comme devant toutes les grandes catastrophes, l'Humanité, qui avait moins évolué qu'on aurait pu le croire pendant ce millénaire d'athéisme, se retourna en masse vers la superstition et les sectes. Il semblait que les aréliens « historiques » avaient physiquement disparu, puisqu'aucun de leurs ténors des temps précédant la loi de l'enfant nul ne se faisait plus entendre. Mais leurs successeurs, les « survivants de Sodome », la « fraternité saint Jean-Paul II », « Ensuciada Reina », les « rebâtisseurs du temple de Sion », et autres « Mahatma Satyaranath », regroupés depuis sous le vocable de « néo-aréliens », montrèrent qu'ils n'avaient rien à leur envier dans le domaine de l'irrationnel et de la violence. À leur décharge, il faut reconnaître que certaines phrases de Chrétien de Montcalquier résonnaient encore à mes propres oreilles, comme : « *Les aveugles qui vous entourent croient vivre ; mais ils sont déjà morts !* » ou encore : « *Celui qui a vécu par le poison périra par le poison !* » Et l'on avait bel et bien entendu « *les pleurs et les grincements de dents* » qu'il annonçait trois siècles auparavant… Bon, n'allez pas croire que j'allais tomber dans l'irrationnel à mon tour ! Je ne sais que trop bien que l'immense majorité des prophéties qui, erronées, tombent dans l'oubli, font ressortir celles qui, par extraordinaire, se réalisent. Elles reluisent comme des diamants au milieu de ce fatras de ruines, au point d'aveugler ceux qui n'ont pas le jugement assez solide. Malheureusement, ils sont légions !… »

– Voilà un solide cartésien ! Nous sommes entre collègues…

Sur ce commentaire du physicien béninois, on frappa à la porte de l'auditorium. Ambrosio Saavedra appuya à nouveau sur le bouton *pause*. C'était le secrétaire du chef de station, qui avait besoin de lui pour répondre à un e-mail urgent de Santiago. Ambrosio Saavedra sortit en fulminant, ulcéré qu'un fonctionnaire de Santiago osât le déranger pour une prétendue « urgence », alors que ce qui se passait dans cette salle était évidemment d'une tout autre importance !

– Et un dimanche, en plus ! Continuez sans moi, Messieurs. Vous me ferez un bref résumé de ce que j'aurai manqué, à mon retour.

Saavedra sorti, Pascal libéra le bouton *pause*…

« Pendant ces années critiques, la société, soumise à ces tendances centrifuges, aurait pu exploser cent fois ! Le risque était bien réel que l'Humanité fût renvoyée au degré zéro de la civilisation. La préservation, vaille que vaille, d'une continuité étatique et la permanence d'un ordre minimal à travers ces vicissitudes est l'une des principales réussites à mettre au crédit du gouvernement néo-intègre, quoi qu'on puisse penser de son action par ailleurs. Je devais apprendre plus tard sur quoi s'appuyait ce tour de force… et c'est peut-être pourquoi je mets ce bémol.

« Mais j'anticipe encore… C'est sans doute que je n'ai pas envie de me replonger dans ces années noires. Sachez simplement que je passai le reste de cette période à la campagne, dans le *former* Nebraska. Comme je vous l'ai dit, j'anticipais une accalmie à partir de 3042. J'étais optimiste ! L'incroyable dégradation des conditions sanitaires pendant la crise de l'*overfull* avait provoqué le retour de maladies oubliées, comme le choléra ou la tuberculose, et la mortalité resta très élevée longtemps après que le dernier intrajecté de la grande vague fut décédé ! Ce n'est qu'en 3050 qu'on commença à sortir du cauchemar et qu'un semblant de normalité se réinstalla enfin !…

« Il n'était plus nécessaire à cette époque que je communique l'idée qui m'était venue à propos du pouvoir pathogène du virus ZDV. Tout le monde avait compris de quoi il retournait ! Sauf peut-être les néo-aréliens, qui restaient sur la théorie d'une vengeance divine contre la luxure des siècles précédents… Le *memory overfull* avait d'ailleurs été rebaptisé syndrome de Mathusalem. Peut-être faut-il voir dans cette nouvelle dénomination l'influence des néo-aréliens jusque chez les sommités du monde médical d'alors ? La question qui restait en suspens était celle de la transmission ou non du virus si mal nommé « de l'immortalité » lors de la reproduction. Elle ne resta évidemment pas longtemps en suspens, puisqu'il s'était déjà écoulé le temps d'une génération depuis l'apparition des premiers cas. Et, très rapidement, le syndrome se déclara chez des enfants d'intrajectés, non eux-mêmes intrajectés, répondant hélas à la question de la pire manière qui fût !

« L'une des priorités du gouvernement néo-intègre, qui avait réussi, envers et contre tout, à se maintenir au pouvoir, fut de relancer la recherche dans le domaine des biotechnologies. La guérison du syndrome de Mathusalem devenait un enjeu vital puisque l'Humanité entière, sauf peut-être les miraculés de la fécondation *in vitro,* était tout simplement en phase d'incubation ! Le syndrome de Mathusalem se dressait devant chaque individu personnellement, comme une épée de Damoclès d'où l'incertitude aurait été bannie, et sur laquelle aurait été gravée la date de sa démence à venir et celle de sa mort ! Certains, nés à la fin XXIIIe siècle, n'avaient que quelques années devant eux, d'autres quelques siècles. Seuls nous autres, les rarissimes privilégiés de la conception *in vitro* échapperions *peut-être* au sort commun. La question se posait tout de même de savoir si nous n'avions pas contracté le virus, depuis mille ans que nous vivions au contact de cette population infectée !

« À propos de sort commun, c'est à cette époque, en février 3051 précisément, que fut annoncé le décès de Barta Doguiromani. Ses funérailles solennelles furent retransmises sur la planète entière grâce aux réseaux enfin rétablis de manière fiable. La version officielle prétendait qu'il n'avait pas pu se remettre des souffrances qu'avaient provoquées chez lui l'accumulation des malheurs de son pauvre peuple, et qu'il avait succombé à une « langueur incurable » début 3051. Peu de gens crurent à cette fable, puisque, je vous le rappelle, il n'était plus apparu en public depuis plus de trente ans à cette époque. Je puis d'ailleurs maintenant affirmer de source sûre qu'il était effectivement décédé depuis 3034, mais qu'*on* avait jugé préférable de taire cet événement. À ceux qui s'étonneront de ce fait, je répondrai qu'il y a de nombreux exemples dans l'histoire. L'un des premiers cas – je le cite parce qu'il a dû avoir lieu vers votre époque… ou du moins ce que je pense être votre époque – est peut-être celui du terroriste Bin Laden, tué en 2001, et officiellement « re-tué » dix ans plus tard, quand son fantôme devenait plus encombrant qu'utile. »

– Vous entendez ce que j'entends ? demanda Côme, abasourdi.

– Et alors, lui répondit Pascal, Tu n'as jamais lu « 1984 » de George Orwell ? Je me souviens t'avoir dit, à l'époque des faits, que Ben Laden était l'Emmanuel Goldstein d'Orwell.

Mais l'enregistrement continuait.

« Conformément à la Constitution de 2200, nous informa-t-on, l'intérim jusqu'à la prochaine échéance de 3100 serait assuré par le président du parlement, un certain Jyl Österdaler, peu connu jusque-là, tant la personnalité de Doguiromani avait occulté le reste de la scène politique. Il y aurait certainement eu à redire sur ce « conformément à la constitution »... En effet, cette constitution stipulait bien que « le président du parlement remplacera le chef du gouvernement en cas de décès, et ce jusqu'à l'échéance électorale suivante », mais évidemment la Constitution de 2200 ne parlait pas d'élection *relevée,* puisque ce concept était apparu beaucoup plus tard. Logiquement, c'est en 3060 qu'auraient dû avoir lieu les nouvelles élections, et non en 3100. En tout état de cause, le maintien au pouvoir d'Österdaler jusqu'à la fin du siècle n'était pas exactement « conforme à la constitution ».

« Mais nous sortions d'une telle période de troubles que personne n'avait vraiment envie de pointer du doigt cette entorse au droit constitutionnel, même parmi les néo-aréliens, qui voyaient plutôt dans le demi-siècle à venir l'opportunité de s'organiser pour mieux peser dans l'élection de 3100.

« Ce besoin de faire le point, d'analyser la situation pour repartir du bon pied après ces terribles épreuves, parcourait d'ailleurs la société dans son ensemble. L'une des premières mesures prises par Jyl Österdaler fut d'organiser un grand recensement de la population, pour évaluer ce que nous avait coûté cette « saignée », inédite dans l'Histoire mondiale. La population mondiale avant l'apparition du syndrome comptait environ vingt et un milliards d'individus. Comme je vous l'ai dit précédemment, l'effectif des humains nés après la vague d'intrajections avait rattrapé vers 2600 celui des individus nés avant 2242. Les naissances ayant ensuite diminué, avant de disparaître totalement, on peut estimer qu'en gros la moitié de la population mondiale avait péri du syndrome lui-même. Si l'on ajoutait à cela tous ceux qui étaient décédés des corollaires de l'épidémie – famine, autres maladies, violences – je m'attendais à ce que la population mondiale soit tombée légèrement en dessous des dix milliards.

« Le chiffre officiel fut un choc : nous étions désormais *moins de trois milliards et demi* d'humains sur la Terre !

« Comment l'épidémie avait-elle pu être à ce point meurtrière ? Ce n'est que bien des années plus tard que j'obtiendrais la clé de ce qui m'apparaissait encore comme un mystère à cette époque.

« En un sens, ç'aurait pu être une bonne nouvelle. Nous retrouvions ainsi les niveaux de 1970, bien en deçà des rêves les plus fous de nos dirigeants du dernier millénaire, qui avaient cherché par tous les moyens, et sans vraiment y parvenir, à faire décroître cette pléthore mondiale ! Mais c'était trop brutal ! Nous nous trouvions un peu dans la situation d'un obèse qui a beaucoup maigri, et qui s'empêtre dans ses vêtements devenus trop grands. Il fallait revoir complètement l'échelle des infrastructures sociales, économiques et politiques, des services administratifs, des logistiques agricoles, industrielles, etc. Le challenge était gigantesque, mais finalement plutôt excitant.

– *Exciting, Sunrise? Sure we are! Look your females!*

[Bruit de baiser. Grognements d'Anatoli Le Fur…]

– *You speaked enough Sunrise. You must act, now! NOW!* C'était la voix de Godiva.

– *Yes, now, now!* répéta un chœur de voix féminines.

[Sans voir la scène, Pascal Baüy imaginait un théâtre antique. Au centre : Anatoli Le Fur. En retrait : un chœur de harpyes menaçantes, prêtes à arracher les yeux du pauvre Phinéus. Sauf que ce n'était pas à ses yeux qu'elles en voulaient !… Il s'ensuivit une bousculade luxurieuse, enrichie des commentaires égrillards de Côme Abahoumba. Enfin, au bout d'un moment le calme revint, et Anatoli Le Fur put reprendre son récit, la voix un peu cassée :]

« Je disais donc : un challenge plutôt… motivant. Beaucoup d'entre nous ne demandaient qu'à s'y attaquer. Le vrai problème, c'était que le syndrome de Mathusalem n'avait pas fini de sévir ! Bien sûr, le rythme d'apparition des nouveaux cas avait énormément faibli, ce qui nous donnait cette impression d'enfin pouvoir respirer. Le taux de mortalité, compte tenu des décès accidentels, était légèrement supérieur au taux de natalité qui avait prévalu entre 2242 et 2600, et s'établissait au chiffre effrayant de 3 %. Ce chiffre, pour important qu'il fût, n'aurait pas été tellement effrayant s'il avait été contrebalancé par une natalité du même ordre. Mais voilà ! Notre natalité était nulle, absolument nulle ! L'Humanité entière se trouvait engagée dans le couloir de la mort ou, pour mieux dire, dans le sablier de la Mort. Si rien n'était fait pour enrayer la mécanique, ce taux de 3 %, si anodin en apparence, conduisait à des projections proprement terrifiantes : au bout de cent ans, la population mondiale ne serait plus que de 166 millions ; elle tomberait à 8 millions dans deux siècles ; à 375 000 cent ans plus tard ; à seulement 18 000 dans quatre siècles ! Dans un demi-millénaire, nous aurions dépassé la date fatidique de 3508 – soit la date de promulgation de la loi de l'enfant nul plus huit cents ans, période létale du ZDV – et seuls, peut-être, les conçus *in vitro* comme moi pouvaient espérer dépasser cet horizon…

« Deux voies s'offraient à nous pour sortir de cette impasse avant qu'il ne soit trop tard : guérir le syndrome de Mathusalem ou relancer la procréation. La sagesse même était d'explorer les deux voies.

« En ce qui concerne la première, de grands projets de recherche furent lancés, dans la manière du premier gouvernement intègre-athée. Seulement on ne s'adressait plus à de jeunes chercheurs pleins d'espoir, devant qui s'ouvraient les portes dorées d'un monde parfait, mais à de vieux chevaux de retour menacés par le désespoir le plus noir. Circonstance aggravante : le syndrome de Mathusalem, ci-devant *memory overfull*, n'était pas, je vous le rappelle une maladie débouchant sur une mort subite, mais un long processus de dégénérescence étalé sur une quinzaine d'années. Autrement dit, la décroissance démographique qui nous attendait devrait constamment s'accompagner d'un état de démence plus ou moins avancée *chez un bon tiers de la population* ! C'était une situation difficilement gérable, et très peu compatible avec le minimum de sérénité indispensable aux chercheurs…

« La deuxième voie semblait *a priori* beaucoup plus simple à mettre en œuvre : il suffisait d'abroger la loi de l'enfant nul ! Nous n'aurions pas ainsi guéri le syndrome de Mathusalem, mais nous serions revenus à la situation pré-zornienne, avec un renouvellement naturel des générations. Tout le résultat de cette aventure aurait été de décupler l'espérance de vie puisque, même contaminés par le ZDV, les nouveau-nés à venir pourraient prétendre à huit siècles de vie !

« Les néo-aréliens, entre autres, réclamaient avec insistance l'abrogation de la loi. Jyl Österdaler s'adressa à l'opinion sur les réseaux pour demander qu'on lui accorde un sursis. Son argument n'était d'ailleurs pas absurde. Il estimait qu'on pouvait faire mieux que revenir au *statu quo ante*, et qu'on pouvait sortir de cette crise par le haut. En effet, il existait de par le monde des immortels conçus par Zorn et Dupont *sans intrajection* – j'étais bien placé pour le savoir – et il était vraisemblable que ces personnes n'étaient pas porteuses du virus. Il convenait, d'après lui, avant d'abroger la loi de l'enfant nul, premièrement de s'assurer que ces personnes avaient effectivement échappé à la contamination ; deuxièmement de recenser toutes celles qui n'étaient pas stérilisées, en particulier les femmes ; troisièmement de tenter des accouplements avec des personnes contaminées pour voir si, dans ce cas de figure, le fœtus serait oui ou non porteur. Dans la négative, on amenderait la loi de l'enfant nul par une disposition subordonnant l'autorisation de procréer au fait que l'un des parents, probablement la mère, soit non contaminé. Dans l'affirmative, on essaierait de recréer la race humaine à partir d'un noyau « pur » de non-contaminés, non-stérilisés. Dans ce deuxième cas, bien sûr, la loi de l'enfant nul serait suspendue à titre conservatoire pendant la mise en place de cette « surhumanité », qui pourrait prendre un certain temps, eu égard, disait-il par un amusant euphémisme, à la taille *vraisemblablement réduite* du noyau concerné.

« La population accepta de mauvaise grâce ce moratoire. Mais avait-elle le choix ?

« La vérité, c'était qu'Österdaler et toute sa clique néo-intègre n'avaient eux-mêmes pas le choix et que leur proposition n'était qu'un écran de fumée ! Mais ça, je ne le découvrirais que plus tard…

« Dans les années qui suivirent, préalable nécessaire au

programme évoqué par Österdaler, on mit au point un test de dépistage du ZDV. Je fus invité, comme tous les conçus *in vitro*, à subir ce test et, conformément à ce que tout le monde attendait, puisque nous avions largement dépassé les huit cents ans fatidiques – j'approchais de mon millième anniversaire – le résultat s'avéra négatif. Le ZDV n'était donc pas un virus très contagieux et le syndrome de Mathusalem n'était pas une maladie sexuellement transmissible, comme cet AIDS – pardon, c'est vrai qu'en français on disait plutôt SIDA, je crois –, qui faisait si peur à son époque. Bon, c'était plutôt rassurant de le savoir, mais la véritable utilité de ce test était encore à venir : il s'agissait de l'appliquer aux futurs nouveaux-nés issus de croisements entre contaminés et non-contaminés. La phase II du projet Österdaler pouvait commencer… [Silence…]

« La phase II du projet Österdaler ne commencerait jamais… » [Nouveau silence…]

10.

« Entre temps, je veux dire entre l'arrivée au pouvoir d'Österdaler et la mise au point du test de dépistage, j'avais repris mon poste à USB1, qui était devenue alors un simple département de la GASA. Nous avions rétabli le contact avec *Double H,* au grand soulagement des timonautes. *Double H* continuait imperturbablement son voyage vers Iso –1. Imperturbablement : le mot est peut-être un peu fort, dans la mesure où sur les quarante membres de l'équipage, vingt et un avaient déjà péri du syndrome. Le vaisseau naviguait désormais au milieu d'un macabre cimetière intersidéral, les cadavres expulsés continuant à flotter tout autour de lui, en vertu des lois de la gravitation. Il y aurait eu de quoi devenir fou pour les survivants, si le syndrome de Mathusalem n'y avait pas déjà pourvu. En effet, sur les dix-neuf restant, deux n'étaient déjà plus en possession de toutes leurs facultés. Depuis le début de l'épidémie, l'équipage s'était tant bien que mal adapté à ces cas de démence, et les pauvres victimes étaient séquestrées dans un étroit réduit prévu au départ pour stocker les batteries de remplacement. Ils n'avaient hélas pas d'autre solution et ils pensaient que le salut commun justifiait ces mesures d'urgence. Ce qu'ils ignoraient, bien qu'ils s'en doutassent – ce n'étaient pas des idiots ! – c'était que, de toute façon, il n'y aurait pas de salut pour eux ! En effet, il n'y avait aucun conçu *in vitro* parmi eux. Le dernier d'entre eux était né en 2568, ce qui plaçait la borne ultime de son espérance de vie à 3370 environ, plus de mille ans avant le terme du voyage. C'était donc un cercueil qui atterrirait sur Iso –1. Si l'on parvenait un jour à mettre au point ici quelque remède contre les effets pathogènes du ZDV, il n'y aurait évidemment aucun moyen de le transmettre aux voyageurs de *Double H*…

« Ici, sur Terre, les responsables du projet tergiversaient : fallait-il mettre les membres de l'équipage au courant de leur mort annoncée ou bien les maintenir dans une ignorance anesthésique ? Les tenants de la première option mettaient en avant cet argument : puisque les timonautes étaient tous en état de procréer, pourquoi ne pas envisager une reproduction à l'intérieur du vaisseau ? Ce qui avait été exclu lors de la conception du projet, pour des raisons évidentes, pouvait maintenant, étant donné le contexte, être vu comme une solution de secours pour l'expédition. L'inconvénient majeur de cette solution, c'était que les deux médecins affectés sur *Double H* faisaient hélas partie des vingt et un disparus et que des accouchements à bord poseraient évidemment quelques problèmes…

« Pendant que nos chefs réfléchissaient à ce problème, la situation sur Terre était très tendue. Elle présentait d'ailleurs des analogies avec le microcosme de *Double H* : de simples citoyens, morts d'anxiété, attendant avec impatience le feu vert des autorités à la reproduction sexuée. Vous qui m'écoutez peut-être, vous devez vous dire que les néo-aréliens étaient bien sages par rapport à leurs prédécesseurs, qui bravaient presque ouvertement le pouvoir doguiromanien dans les siècles passés. Vous devez vous dire que, vous, il y a longtemps que vous seriez passé à l'acte, sans attendre le bon vouloir de Jyl Österdaler ou de qui que ce fût ! Moi-même, j'étais un peu étonné de ne pas voir fleurir, de ci, de là, quelques ventres féminins un peu plus rebondis. Mais non ! Il ne se passait rien, mis à part les manifestations monstres organisées par les néo-aréliens et leurs sympathisants…

« Il allait me falloir encore bien du temps pour comprendre le pourquoi de cette apparente inertie, et encore parce qu'on m'ouvrit les yeux. Voici comment cela se passa.

« J'avais subi le test de dépistage du ZDV en 3057. Dès l'année suivante, je fus contacté par le professeur Erni Botombre, responsable scientifique du projet Österdaler. J'ai conservé un enregistrement de cette conversation. Je vous le fais écouter.

[Clic !]

– *Professor Anatoli Le Fur?*

– *Himself.*

– *I'm Erni Botombre, from the presidential scientific staff.*

– *Yes, I know you by the nets. You direct, if I not mistake, the studies about repopulation.*

– Oui. Et je contacte vous juste pour ce.

– Ah ! Mais vous parlez français ?!...

– Oui, je suis pas né en France, mais je viva longtemps en Paris. Je aime votre langage.

– Je vous remercie, Professeur. Vous le parlez à merveille en tout cas !

– Oui, oui, merci ! Je appelle vous pour participation de notre programme.

– Ah mais vous devez faire erreur, Professeur, je suis physicien, pas biologiste !...

– Oui, nous savons ce. Mais nous voulons vous comme sujet, pas comme rechercheur.

– Je ne comprends toujours pas... Je suis non-contaminé, certes, mais génitalement désactivé depuis plus de cinq cents ans...

– Oui, nous savons ce aussi. Mais nous nécessitons vous

malgré. Vous savez, comme dit la excellence Österdaler, le groupe de sexuels actifs… n'est pas très… large. Nous voulons expériencer la réactivation de germinales celles parmi des individuals stérilisés. Étez-vous volontaire pour participation de le programme ?

– C'est-à-dire… Euh… D'une part, je n'avais plus l'intention d'avoir d'enfants… à mon âge !… Et d'autre part, je croyais que la désactivation des cellules germinales était une opération irréversible.

– Irréversible, c'est ! Mais vous savez les problèmes actuels. Nous fairons un programme de recherche pour essayer de reverser le processus. Nous voulons redonner à les stérilisés la pouvoir de reproduction.

– Mais le noyau actuel de reproducteurs ne suffirait-il pas ? Quitte à utiliser l'insémination artificielle…

– Le noyau ?… La information vous demandez est pas votre concerne. Voulez-vous participer de notre programme, *yes or no* ?

[Silence…]

– Franchement parlant, vous avez pas choix. Votre appointement à Legazpi State Hospital est fixé merdredi… Euh… *Next Friday, the 29th of December at eight. Be on time!*

[Touu-wit !]

« Je fus, comme vous l'imaginez bien, très perturbé par

cette étrange conversation, et ce à plusieurs titres.

« D'abord, la fin abrupte du message ressemblait à un ordre, presque à une menace. Fallait-il obéir ? Je n'ai jamais été un héros, et les siècles de doguiromanisme que nous venions de vivre nous avaient rendus extrêmement dociles. Cependant la manière un peu cavalière dont j'avais été convoqué au Legazpi State Hospital m'avait indisposé et, pendant un moment, j'envisageai très sérieusement de ne pas me présenter à cet « *appointement* ».

« Ensuite, j'avoue que l'entêtement qu'Erni Botombre avait mis à tenir cette conversation en français, en dépit de son niveau évidemment insuffisant, m'avait plus que surpris, et que je me perdais en conjectures sur la raison de ce choix étrange. D'autant plus étrange qu'il venait d'un dignitaire néo-intègre, qui aurait dû, plus que tout autre, s'exprimer en esperanglish !...

« Enfin, son changement de ton au moment où j'avais fait allusion au noyau reproducteur me plongeait dans un profond malaise. Pourquoi ce blocage brutal ? Son refus de communiquer à ce sujet ne faisait que renforcer la vague inquiétude qui s'était installée chez moi au fur et à mesure que le temps s'écoulait sans qu'on aperçût le moindre signe de grossesse parmi la population féminine. Nous cachait-on encore quelque chose ?... Je crois qu'en définitive, c'est ma curiosité qui emporta ma décision et que c'est surtout dans le but de la satisfaire que je me présentai à mon rendez-vous du 29 décembre 3058.

« Je n'eus pas affaire à Erni Botombre lui-même, mais à toute une équipe de sous-fifres, qui n'était ni désireuse, ni même, je crois, simplement en mesure de m'apprendre quoi que ce soit ! En dépit de leur propre ignorance, et à leur corps défendant, ils allaient tout de même me fournir une preuve indirecte des mensonges de l'ère Doguiromani. En effet, nous étions dans cet hôpital une quarantaine de patients « privilégiés », qui constituions la *totalité des survivants* de l'époque des conceptions *in vitro*. Accessoirement, j'appris que j'étais l'ultime rescapé de la première série-test de Zorn et Dupont, autrement dit le *doyen de l'Humanité*. Aucun honneur particulier ne m'était réservé à ce titre, d'ailleurs. L'Humanité avait d'autres soucis, et moi aussi, je dois dire ! J'étais le seul scientifique de ce groupe et peut-être le seul à connaître avec assez de précision le nombre de naissances obtenues par fécondation *in vitro* au XXIIIe siècle, qui s'élevait à 200 000 environ, et constituait donc un échantillon assez vaste pour y appuyer des statistiques fiables. Or un rapide calcul logarithmique montre que, pour passer de 200 000 à 40 en huit siècles et demi, il faut supposer un taux de mortalité annuel d'environ 1 % ! Même en tenant compte de l'hypermortalité du début du siècle, ce chiffre était incomparablement supérieur aux 1/10 000 qu'on nous annonçait sous le régime doguiromanien... Un deuxième calcul, de probabilités, cette fois, montrait qu'une telle distorsion ne pouvait pas provenir du hasard, étant donné la taille de l'échantillon. Il en ressortait que le département des statistiques sociales avait menti délibérément pendant la présidence Doguiromani, et que la mortalité était *cent fois* plus élevée qu'on ne nous l'annonçait à l'époque ! Ceci expliquait ce chiffre de trois milliards et demi pour la population mondiale après l'acmé de l'épidémie d'*overfull*, chiffre qui m'avait tellement surpris à l'époque... La décroissance avait sûrement démarré à partir d'une population très inférieure aux vingt milliards officiels...

« Mais ce qui était peut-être plus grave, c'est que, sur la quarantaine de mes *alter ego*, aucun n'était sexuellement productif : hommes ou femmes, tous s'étaient fait désactiver ! En toute vraisemblance, *il n'existait donc plus un seul non-contaminé-non-stérilisé !*

« Mais dans ce cas, qu'attendait donc le gouvernement Österdaler pour autoriser, et même encourager, la reproduction ? Notre propre réactivation était beaucoup trop hypothétique pour qu'on se passe plus longtemps de cette solution, et tant pis si les rejetons ne vivraient *que* huit cents ans ! Je ne pouvais m'empêcher de penser qu'Österdaler persévérait sur la voie mensongère – et suicidaire ! – de son prédécesseur…

« J'aurais volontiers communiqué mes conclusions à la presse, mais je dus me rendre à l'évidence : du statut de patient, nous passions petit à petit à celui de prisonniers. Sous prétexte de nous protéger, nous qui étions, selon les propres termes de nos geôliers, « la prunelle des yeux de l'Humanité », on finit par nous interdire de sortir de l'enceinte du Legazpi S.H. Nos *portable-devices* nous furent confisqués pour, disait-on, ne pas soumettre nos gonades aux ondes électromagnétiques, ce qui aurait pu contrecarrer les traitements que nous subissions.

« En quoi consistaient-ils ? Au début, il s'agissait de simples prélèvements de sperme. Je dois dire que ce ne fut pas la phase la plus désagréable. C'est là que je fis la connaissance d'Oryana, l'Oryana que vous avez entendue tout à l'heure.

– *Yes, darling. You call me?*

– *No! No! Get away! Later!*

[Clac !]

« Oui, elle était préposée au prélèvement, et elle avait un

doigté tout à fait exceptionnel. Elle l'a toujours, d'ailleurs, mais je l'apprécie moins maintenant !...

« Ensuite, on passa à des biopsies des testicules. Là, c'était nettement moins agréable ! Et puis, ce furent les opérations ! Que nous faisait-on exactement ? Je ne saurais trop vous le dire, même aujourd'hui. Nous n'étions plus que des « patients », donc endormis pendant les opérations et affrontés au mur de silence de nos « soignants » dans les intervalles. Ce que je crois, c'est que ces clowns tristes jouaient un peu à l'apprenti sorcier. De plus, il faut garder à l'esprit que le syndrome de Mathusalem continuait de sévir et que, de temps en temps, l'un de nos bons docteurs partait en vrille, oubliant ses clamps dans nos corps, ou prescrivant des doses létales de morphine. Heureusement pour nous, la médecine est un travail d'équipe, et il se trouvait presque toujours quelqu'un pour corriger l'erreur à temps. Je dis *presque* toujours, mais plusieurs accidents se produisirent tout de même, et trois d'entre nous décédèrent de suites d'opérations entre notre entrée au Legazpi S.H. et les élections de 3100.

« Eh oui ! Je venais de passer déjà plus de quarante ans entre les murs de cet hôpital... J'ai déjà signalé que notre ressenti de l'écoulement du temps était modifié par notre longévité, mais je n'irai pas jusqu'à dire que cet enfermement ne me pesa pas ! En outre, il semblait bien que ce fût en vain qu'on nous avait ainsi emprisonné et martyrisés puisque pas un seul d'entre nous n'avait jusque-là réussi à produire le moindre spermatozoïde ou le moindre ovule, en dépit des innombrables opérations que nous avions subies…

« Il est inutile de dire que depuis mon internement, puisqu'il faut bien l'appeler ainsi, je ne travaillais plus sur le projet *Double H*. Je n'étais plus le professeur Anatoli Le Fur, de la GASA, mais un simple cobaye parmi d'autres. Mon cerveau n'intéressait plus personne ; on n'en voulait qu'à mes parties génitales ! Ce que je savais de *Double H* ne provenait plus que de la maigre information qui nous était délivrée par les écrans, et qui se résumait à peu près à la nécrologie des membres de l'équipage, au fur et à mesure de leurs décès. Si l'on pouvait se fier à ces informations, il ne restait plus que treize survivants à bord en 3100.

« On attendait de grandes choses des élections de 3100. Devant l'inertie du gouvernement néo-intègre et ce que l'opinion prenait alors pour un refus délibéré et obstiné de recourir à la reproduction généralisée, il était clair que les néo-aréliens et leurs sympathisants allaient remporter ces élections…

« Comme tout le monde, j'étais devant mon écran le soir du 10 janvier 3100, jour de la promulgation officielle des résultats par la CEC (Commission électorale constitutionnelle). Ce fut un coup de tonnerre ! Non seulement Jyl Österdaler était réélu, mais, tenez-vous bien ! il l'était avec 98,7 % des suffrages exprimés ! Si jusque-là les plus myopes d'entre nous avaient pu croire que nous étions en démocratie, ce score, digne de ce qu'on appelait encore dans mon enfance les républiques bananières, ne pouvait que nous dessiller les yeux. Nous vivions sous la pire dictature probablement jamais mise en place à la surface de la Terre. Quand je dis « à la surface de la Terre », il s'agissait bien de toute l'étendue de notre pauvre planète : aucun gouvernement n'avait mieux mérité jusque-là l'épithète de « totalitaire », puisque, cette fois, il n'y avait pas d'extérieur au système… Les néo-intègres avaient la main sur tout, dirigeaient tout, contrôlaient tout !

« Je dois avouer qu'en ce qui me concerne, une fois la déception passée, je m'accommodai avec une étonnante facilité à cette exaction politique. Il faut dire, à ma décharge, que je n'étais pas tout à fait dans mon état normal. Parmi mes médicaments, dont le nombre et la nature variaient au gré des opérations que je subissais – je devais bien en être à une vingtaine à cette époque – se trouvait toujours une petite pilule bleue euphorisante, qui anesthésiait complètement mon esprit critique. J'étais drogué, et je consacrai l'essentiel de mes journées à jouer à « *Double H Arrival* », un jeu vidéo abêtissant inspiré, comme son nom l'indiquait, par le projet dont j'avais été, dans un passé alors bien révolu, l'une des petites mains.

« Les choses auraient pu se prolonger longtemps de la sorte, si, en 3137, il ne s'était produit un fait nouveau, dont j'allais être le héros involontaire. Dans l'un de mes éjaculats, on découvrit un spermatozoïde ! Je dis bien *un* spermatozoïde. Hasard ? Fruit d'un siècle d'efforts thérapeutiques ? En tout cas, il était bien là ! On me le montra au microscope. J'étais presque aussi ému qu'une mère devant son nouveau-né. Mais il y avait encore loin de la coupe aux lèvres !

« Aucune des patientes du Legazpi S.H. issues de la fécondation *in vitro* n'avait réussi à produire le plus petit ovule. Qu'à cela ne tînt ! Il suffisait de féconder une non-stérilisée, même contaminée. Il me semblait bien que, dans ce cas de figure, le fœtus n'échapperait pas au ZDV, mais enfin c'était bien une modalité du programme Österdaler, tel qu'il avait été défini par son excellence près de cinquante ans avant sa triomphale réélection…

« En fait, encore une fois, il semblait bien que nos apprentis sorciers aient été pris de court par l'apparition inopinée de mon spermatozoïde. Ils n'avaient apparemment pas de femme non-stérilisée sous la main, puisque j'appris que mon « homuncule » avait dû prendre l'avion pour rencontrer l'ovule sœur. Pour quelle destination ? « Ce n'était pas mon concerne », comme aurait dit le peu regretté Erni Botombre. En 3137, Erni Botombre était en effet retourné *ad Patrem*, la faute à Mathusalem.

« Évidemment, tenter une fécondation à l'aide d'un seul spermatozoïde, ayant subi en plus quelques heures d'avion, c'est courir à l'échec. Et je compris rapidement, à la triste mine de mes médecins-geôliers, que la tentative avait effectivement échoué.

« Mais ce miraculeux spermatozoïde était venu en quelque sorte valider leurs travaux, et ils redoublèrent d'acharnement sur mes codétenus et sur moi... Surtout sur moi, d'ailleurs ! Cinq d'entre nous perdirent la vie dans les années suivantes, victimes de « l'acharnement thérapeutique », au sens propre, de nos Mengele en herbe. Moi-même, je passai bien près de la mort à l'occasion d'une énième intervention. J'échappai au pire, mais j'y laissai tout de même un testicule, ce qui calma un peu l'ardeur de nos médecins. En effet, si par hasard c'était celui qui avait produit le fameux spermatozoïde – et il y avait pour cela une chance sur deux – ils venaient de commettre une faute irréparable... Je ne mesurais pas encore à quel point, à l'époque !

« Quant à moi, j'accusai le coup. Pour la première fois de ma vie, je compris ce que pouvait vouloir dire « vieillir ». J'avais moins d'appétit, je ressentais une fatigue permanente et, surtout, *je n'avais plus envie de jouer* ! J'abandonnai petit à petit mon « *Double H Arrival* », et mes journées devinrent lugubres. Seul l'appétit sexuel restait au top, artificiellement entretenu par l'aphrotropine et autres traitements chimiques. Nos biologistes étaient tellement inventifs qu'ils en étaient venus à la théorie du « more, more » : ils cherchaient à me faire produire un maximum de sperme en partant du principe, très discutable en l'occurrence, que plus j'en fournirais, plus les chances d'y trouver des spermatozoïdes seraient élevées… En dépit de mon unique testicule, j'étais devenu un étalon, dont le vît faisait rêver mes infirmières et souffrir mes leurres, mais un étalon stérile !…

« Toutefois, la nature est bonne fille, et le miracle se reproduisit deux fois : en 3152 et en 3169. Les deux fois, *mon* spermatozoïde prit l'avion et alla se perdre dans les sables de je ne sais quel désert… »

11.

« C'est après ce troisième essai, aussi lamentablement avorté que les précédents, que le cours des choses changea une nouvelle fois. Le médecin-chef du service qui nous était dédié au Legazpi S.H. disparut subitement. Je ne dis pas qu'il mourut, ni même qu'il fut atteint du syndrome de Mathusalem. Il disparut, c'est tout… Il fut remplacé par un « jeune », j'entends par là un médecin né dans les toutes dernières années du XXVIIe siècle, juste avant la loi de l'enfant nul. Ce nouveau chef de service s'appelait Lev Charloth et était beaucoup plus intelligent que son prédécesseur, et surtout plus humain. Son espérance de vie encore très longue le rendait certainement plus serein : peut-être fallait-il voir là l'origine de son surplus d'âme ? En tout cas, les méthodes changèrent radicalement et nous éprouvâmes le sentiment inédit d'être traités autrement que comme chair à éprouvette. C'est lui qui allait me permettre – enfin ! – de quitter le Legazpi S.H., rebaptisé entre temps Ö.C.H. (*Österdaler Charity Hospital*). Son idée était la suivante : puisque, d'une part, j'avais prouvé par trois fois être susceptible de produire des spermatozoïdes et que, d'autre part, on n'avait pas établi de lien évident entre cette production et les divers protocoles expérimentaux qui m'avaient été appliqués, on pouvait essayer de voir si la psychologie ne jouait pas un rôle dans cette affaire. Il voulait tenter une nouvelle « expérience » : à savoir remplacer la fécondation *in vitro*, préférée jusqu'ici pour son caractère plus scientifique, par des rapports sexuels réels, évidemment avec une femme fertile et, si possible, dont je sois amoureux. Il fondait de grands espoirs sur la survenue d'un tel sentiment et espérait que le caractère aléatoire de la fécondation dans un rapport sexuel conventionnel serait compensé par une stimulation psychosomatique de ma production de gamètes. Pourquoi pas ?

« Quoi qu'il dût advenir, c'est avec un plaisir que vous n'aurez aucun mal à imaginer qu'un beau jour de février 3183, je quittai définitivement cet enfer du Legazpi S.H. ! J'y avais passé cent vingt-quatre ans de ma vie !

« Mon plaisir fut immédiatement refroidi, d'ailleurs, non seulement par la température hivernale qui régnait à l'extérieur, mais par le spectacle qui m'attendait dans les rues de notre conurbation. À part quelques îlots habités, tout n'était que ruines et désolation. Des chiens errants parcouraient en meute les paséos où jadis la foule se pressait tout au long de la journée, et même la nuit. L'hémorragie démographique avait dû être terrible ! Je ne l'avais pas remarqué au début, mais la voiture qui nous conduisait à l'aéroport était blindée, et nous étions suivis et précédés par une voiture de police. Lev refusa de s'arrêter lorsque nous passâmes près de l'endroit où j'avais vécu plusieurs siècles et où j'aurais bien fait un petit pèlerinage nostalgique.

– Il est dangereux, et d'ailleurs interdit, de s'arrêter hors des îlots protégés, me fut-il répondu.

« Ma nouvelle liberté, comme je le compris alors, était toute relative… J'avais bien un moyen de pression, mais je l'avais déjà utilisé très récemment, et je ne pouvais pas y recourir à tout bout de champ, si je voulais lui conserver sa crédibilité. Je vous ai dit qu'Oryana fait encore partie à ce jour de mon « harem ». Au départ, il n'entrait pourtant pas dans les projets de Lev Charloth ou de ses supérieurs de la laisser m'accompagner dans ce voyage. Elle était évidemment stérilisée, et sa présence ne pouvait être qu'un obstacle à la naissance d'une idylle avec une des femmes fécondes qu'on me destinait. Comme je n'étais pas insensible aux aptitudes sexuelles de cette petite, et que j'avais senti chez elle un immense désir de partir avec moi ou, du moins, de quitter l'atmosphère étouffante de l'Ö.C.H., je fis une scène à mes geôliers pour obtenir qu'elle m'accompagnât. Comme tout l'effet de ma colère était de leur amener aux lèvres un sourire de mépris, je saisis un scalpel qui traînait sur un chariot et, défouraillant de l'autre main, je menaçai de me couper le dernier testicule si je n'obtenais pas cette faveur ! Le personnel ravala immédiatement son sourire, et j'obtins immédiatement la promesse que je demandais. Voilà comment Oryana avait obtenu son ticket pour l'aventure.

« L'aéroport avait conservé à peu près l'aspect que je lui connaissais, si ce n'est que, là aussi, la foule bruissante des temps passés avait disparu. Mes accompagnateurs semblaient avoir reçu des ordres leur interdisant de me révéler notre destination, et me conduisirent presque directement à un *lounge* protocolaire sécurisé. À ma demande instante, on me laissa toutefois réaliser un acte d'homme libre, à savoir m'acheter un paquet de chewing-gum dans une boutique. Ce paquet me coûta 100 000 WU nouveaux, à l'effigie d'Österdaler. Sachant que le WU nouveau valait 500 WU anciens, l'inflation avait dû être terrible pendant mon siècle d'isolement ! Cela contrastait ô combien avec la stabilité que nous avions connue sous les premiers intègres-athées !

« Conformément à ce qu'il m'avait promis, Lev Charloth me renseigna sur notre destination dès que nous eûmes décollé. Nous nous rendions sur l'île de Bora-Bora, dans la *former* Polynésie française… Pourquoi là-bas ? Pendant les six heures que dura ce voyage, je ne cessai d'interroger Lev… »

[Clic !]

Pascal Baüy venait de mettre l'enregistrement sur *pause*.

– Six heures pour aller de la côte est des Etats-Unis à Bora-Bora ! C'est impossible…

– Mais Herr Le Fur nous parle d'un voyage effectué en 3183, dans plus de mille ans ! observa Hartmut Tausend. Il n'est pas inimaginable que les transports aériens aient fait quelques progrès d'ici là…

Pascal réalisa qu'Anatoli Le Fur lui était devenu si présent qu'il avait inconsciemment gommé cette distance temporelle.

– Tu as raison, Hartmut. Excusez-moi pour l'interruption.

Pascal revint de quelques secondes en arrière, et relança l'enregistrement.

« Conformément à ce qu'il m'avait promis, Lev Charloth me renseigna sur notre destination dès que nous eûmes décollé. Nous nous rendions sur l'île de Bora-Bora, dans la *former* Polynésie française… Pourquoi là-bas ? Pendant les six heures que dura ce voyage, je ne cessai d'interroger

Lev qui me répondit, me semble-t-il, avec sincérité, dans la mesure toutefois où il connaissait la réponse à mes questions. Je devais, cette nuit-là, en apprendre plus sur la situation mondiale réelle que j'avais pu en deviner lors des cinq siècles précédents !

« Lev commença par m'expliquer qu'après la promulgation de la loi de l'enfant nul, en 2708, une sélection de reproducteurs avait bien eu lieu, mais que l'objectif, annoncé à l'époque, de créer un vivier de 50 millions de reproducteurs, n'était qu'un leurre. Ce chiffre avait été fixé par les conseillers en communication de Barta Doguiromani comme susceptible d'être accepté par l'opinion, mais le véritable chiffre visé était seulement de *cent mille* individus de chaque sexe ! Cet effectif était dangereusement faible – la suite allait le démontrer, hélas, de façon éclatante… – mais convenait mieux à la manie doguiromanienne du contrôle…

« Cet objectif avait dû être atteint dès le début du XXIXe siècle, autant que Charloth pouvait le savoir. Dès le début de l'opération, pour encore mieux contrôler ce contingent, et pour éviter toute naissance intempestive, le gouvernement néo-intègre avait prévu de cantonner les non-stérilisés sur deux îles géographiquement éloignées : les femmes sur Tahiti, secteur E-Oceania, et les hommes sur Sakhaline, secteur E-Asia. On pensait qu'un climat rude conviendrait mieux à doper la virilité de ces étalons, tandis que la douceur tropicale formerait un écrin plus adapté à l'épanouissement de la féminité de leurs futures et hypothétiques compagnes.

« Deux question me vinrent immédiatement à l'esprit: qu'allait-on faire à Bora-Bora, si les femmes fécondes étaient à Tahiti ? Mais surtout pourquoi n'avait-on pas fait appel aux hommes de Sakhaline dès que le syndrome de Mathusalem avait commencé à frapper ? C'était le moment ou jamais de donner le feu vert à la reproduction sexuée…

« En ce qui concerne le premier point, Lev m'expliqua que, suite à l'hécatombe des années 3020-3050, et à la persistance du syndrome de Mathusalem, on avait transféré le contingent restant de non-stérilisées de Tahiti à Bora-Bora, dont la taille était désormais plus adaptée à leur petit nombre – moins d'un millier encore saines d'esprit… Quant au deuxième point, la réponse de Lev fut aussi simple que sans appel :

– Parce qu'ils étaient tous morts à cette époque !…

« Il m'expliqua que cela avait été une très mauvaise idée de concentrer ainsi des hommes triés sur le volet pour leurs capacités intellectuelles certes, mais surtout physiques et sexuelles. L'île de Sakhaline était ainsi devenue une basse-cour remplie de coqs testostéronés. La violence, qu'une longue et patiente éducation avait réussi à inhiber chez eux, à défaut de l'extirper, était revenue au galop chez ces étalons gavés d'hormones. Lev Charloth savait de quoi il parlait, puisqu'au cours du XXIXe siècle, il avait lui-même exercé au SMISI – *Sakhaline Medical Institute for Sexual Improvement*. On pouvait se faire tuer dans la rue pour un refus de priorité, un mot de travers, un simple regard... Les stades étaient devenus des lieux à éviter, que ce soit dans les tribunes ou sur le terrain. Lev se souvenait, entre autres, d'un match de hockey qui s'était terminé par le massacre à coup de crosses d'une bonne moitié des joueurs. À l'intérieur même du SMISI, il était fréquent, voire banal, que les infirmières se fassent violer par les patients. Les plus excités d'entre eux violaient même le personnel de sexe masculin. Je compris d'ailleurs à demi-mot que c'était à la suite d'une agression de ce genre que Lev Charloth avait demandé sa mutation.

« Il sut, par les relations qu'il avait gardées sur place, que la situation avait empiré par la suite, avec l'arrivée illicite d'armes sur le territoire. Les non-stérilisés s'organisèrent alors en gangs, qui se livraient une guerre sans merci et sans but, si ce n'est l'exercice de la violence. Au milieu du XXXe siècle, le vivier de mâles reproducteurs était tombé à moins de cinquante mille, et le gouvernement se décida enfin à agir. La police anti-émeutes débarqua et, après une intervention musclée qui fit encore chuter de près de moitié l'effectif des non-stérilisés, on emprisonna la moitié restante. De même que les coqs de combat sont élevés dans des épinettes séparées, on plaça les vingt-cinq mille survivants dans autant de cellules.

« Un petit siècle s'écoula dans ces conditions, siècle qui vit fondre encore un peu cette population désormais carcérale. Ces mâles en rut perpétuel supportaient mal la captivité et recouraient en masse au suicide, retournant contre eux-mêmes l'incoercible violence qui ne pouvait plus s'exprimer contre les autres.

« Le coup de grâce leur fut porté par la crise de l'*overfull*, entre 3020 et 3050. Le syndrome de Mathusalem ne les épargna pas plus que le reste de la population et surtout, il n'épargna pas leurs geôliers… Lors de la grande implosion du réseau mondial, la désorganisation était telle, qu'on oublia pendant quelques semaines ce SMISI du bout du monde. Lorsque les autorités reprirent un tant soit peu le contrôle de la situation et dépêchèrent sur place une équipe de secours, il était trop tard et les survivants étaient morts de faim et de soif dans leur cellule…

Il n'existait plus sur terre aucun mâle reproducteur !

« Je me remémorais les paroles d'Erni Botombre : « le groupe des sexuels actifs n'est pas très large ». Doux euphémisme ! Il était vide, totalement vide ! Ah non, il restait bien *Double H*… Mais, par une inconcevable aberration, les derniers hommes fertiles avaient été envoyés au diable et voguaient alors à… environ vingt-cinq années-lumière de la Terre, sans espoir de retour, du moins pas dans *notre* futur.

« Au milieu de ces réflexions consternantes, une idée me vint soudainement à l'esprit, qui remettait en cause l'apparente évidence de l'explication de Lev, idée bien naturelle pour moi qui avais été conçu *in vitro*…

– Et le clonage ? Pourquoi n'a-t-on pas eu recours au clonage ?

« En effet, les techniques du clonage, expérimentées dès la fin du XXe siècle sur les animaux d'élevage – des moutons, je crois… – avaient fait des progrès considérables avec l'essor du génie génétique et l'on était tout à fait capable depuis le XXIIIe siècle de créer de nouveaux êtres humains à partir des cellules souches d'un individu adulte. Bien sûr, ces techniques n'avaient pas été très utilisées, dans la mesure où il n'était pas dans l'air du temps, à l'époque de leur mise au point, de développer de nouveaux modes de reproduction, bien au contraire ! Mais enfin, elles existaient, et je ne comprenais pas pourquoi elles n'avaient pas été mises en œuvre dans le nouveau contexte.

« Lev Charloth me répondit que cette solution avait évidemment été envisagée, mais n'avait pu aboutir. En effet, les chromosomes de l'Humanité actuelle ayant tous subi – ou descendant de chromosomes ayant subi – la greffe de Zorn, sans oublier les modifications complémentaires de Dupont, présentaient de nombreuses zones de fractures potentielles. Cette fragilité était à l'origine, lors de la fécondation *in vitro,* de nombreux *linkages* et *crossing-over* totalement incontrôlables – ou du moins totalement incontrôlés par les scientifiques de l'après-crise. Je sentais à ses propos que Lev Charloth n'avait pas une excellente opinion de sa confrérie... Le résultat de ces essais n'avait été qu'une galerie de monstres plus difformes les uns que les autres !

« Les biologistes avaient tout tenté pour rectifier le tir. J'appris à cette occasion que mes propres cellules souches avaient été utilisées ! Effectivement, on pouvait très bien imaginer que mes chromosomes, puisqu'ils n'avaient pas été modifiés par la même technique que chez le commun des mortels, ne présenteraient pas les mêmes inconvénients. Toutefois, comme les intrajectés, j'avais subi les modifications complémentaires de Dupont. Or c'étaient bien elles qui étaient en cause, comme devait le démontrer la suite de ces expériences. Mes clones s'avérèrent aussi monstrueux que les autres et furent euthanasiés à leur tour…

« Je sentis une larme glisser sur ma joue tandis que Lev me mettait au courant de ce détail. Par une curieuse empathie, je me sentais un peu le père de ces avortons issus de ma chair, et leur triste destin m'affectait au-delà de ce que ma raison aurait dû permettre.

« Mais Lev Charloth ne péchait-il pas par pessimisme ? N'y avait-il pas quelque part sur Terre un petit noyau d'aréliens réfractaires, qui pouvait avoir échappé au programme de stérilisation ? Après tout, moi-même, avec l'aide de la science, j'avais été capable de produire trois spermatozoïdes… Quand je lui fis part de cette observation, Lev fit une moue dubitative, et se retourna vers le hublot.

– Ah ! Nous arrivons, me répondit-il seulement.

« Et, en effet, par son hublot, on apercevait le grand rectangle turquoise de la barrière de corail, enchâssant en son centre l'émeraude de Bora-Bora. Ce magnifique panorama m'apparaissait comme la promesse de plaisirs infinis, après mon siècle d'enfermement. »

12.

« Je ne devais pas être déçu ! Le comité d'accueil qui m'attendait avait de quoi enchanter les plus difficiles ! Un millier de pseudo-vahinés m'attendait sur le tarmac de l'aéroport. Quand j'apparus en haut de la passerelle, elles se lancèrent dans un tamouré endiablé. Les hanches se trémoussaient, survoltées. Le tourbillon des nombrils avait quelque chose de vertigineux et d'ensorcelant, comme le chant des sirènes. La comparaison ne s'arrêtait d'ailleurs pas là : les longs pagnes de raphia miroitaient au soleil comme des écailles de carpe et, tout comme leurs demi-sœurs aquatiques, et leurs modèles maories des anciens temps, elles dansaient seins nus. Et quels seins ! Des seins de rêve, rebondis, volumineux et fermes, dont les aréoles ajoutaient une note rouge à leur collier de fleurs de frangipanier.

« Et ces femmes m'étaient toutes destinées ! C'était en quelque sorte mon *harem* qui m'attendait là. De quoi rendre jaloux le plus grand des Grands Moghols ! Dans cette foule, on distinguait des blondes à la peau mordorée, des brunes incendiaires et incendiées par le soleil des tropiques. Par contre, pas de rousses, pas de Noires, peu d'Asiatiques… Doguiromani avait-il fait preuve de racisme lors de sa sélection ? C'était bien probable, si tel était son bon plaisir…

« À ma descente des marches, une délégation des plus belles d'entre elles, si cela a un sens, m'attendait pour me passer au cou le collier de bienvenue. Curieusement, ce n'est pas l'odeur du tiaré qui est associée dans mon souvenir à cet accueil, mais un parfum plus prosaïque et moins agréable. Ce qui vint me titiller les cellules olfactives, quand je me penchai pour permettre à la sirène qui se tenait devant moi de me passer le collier, c'est une odeur que je n'avais pas sentie depuis, au sens propre, des siècles, mais que mon cerveau reptilien avait conservé au creux de ses circonvolutions : l'odeur des règles.

« J'allais passer sur Bora-Bora à peu près le même temps que j'avais passé à l'Ö.C.H., mais ce siècle et demi me fait maintenant l'effet d'un clignement de paupière, tant il est vrai que, si le temps du malheur s'étire désespérément, celui du bonheur nous coule à toute vitesse entre les doigts. J'étais comme un coq en pâte au milieu de mes femmes. Lev Charloth, qui avait reçu carte blanche, me laissait la bride sur le cou, dans l'espoir de favoriser la naissance d'un sentiment amoureux, ce qui était sa grande idée. On ne s'acharnait plus sur mes parties génitales, et mes journées s'écoulaient mollement entre plongées dans le lagon, pique-niques sous les cocotiers et siestes crapuleuses. On m'autorisait même à batifoler avec Oryana, alors même qu'elle était pourtant inapte à la reproduction. Bien sûr, j'honorais autant de femmes que je le pouvais, avec l'aide des médicaments virilisants qu'on ne me ménageait pas. Dans ce contexte très particulier de menace sur le salut de l'espèce, la notion de jalousie avait disparu. [Silence…] Du moins, c'est ce que je croyais… [Nouveau silence…]

« Il faut bien maintenant, même si ça me fait encore mal, bien des années plus tard, que je vous parle d'Elle.

« Elle – c'est son prénom – était née en 2640, dans le secteur W-Europe. Ses parents étaient très attachés à leur langue maternelle à tous les deux : le français. Elle avait pu être éduquée complètement dans cette langue. Je vous rappelle que c'est en 2713 qu'on avait déclaré l'esperanglish langue unique et obligatoire. Cette éducation très « *French touch* » ne l'avait pas empêchée de réussir brillamment ses études, et elle était devenue une spécialiste de tout premier plan de la théorie des cordes. Il faut d'ailleurs savoir que la plus analphabète de ces vahinés de rêve était au moins aussi diplômée que moi. Mes actuelles compagnes étaient en effet le reliquat d'une sélection très haut de gamme de la population féminine mondiale : les cent mille génitrices du XXIXe siècle ne représentaient, à l'époque où elles avaient été choisies, que 0,001 % de l'effectif féminin global. C'est dire si la sélection avait pu être draconienne !

« Mais Elle ne s'était pas arrêtée là. Par son charisme tout à fait hors du commun, elle avait su faire la conquête de Fouyen Kampfer, qui avait été ministre de la police sous Barta Doguiromani. Elle était donc de ce fait au courant de bien des secrets concernant le régime néo-intègre. C'est d'ailleurs pourquoi, au moment du mathusalem de Kampfer, on avait jugé préférable de l'envoyer à Tahiti rejoindre le gros des troupes de ses consœurs en fécondité. En effet, si la prison était plus dorée – ô combien ! – que l'Ö.C.H., c'était tout de même une prison ! On ne s'échappait pas de Bora-Bora.

« À cette privation de mobilité près, tout, absolument tout, nous était permis. Ainsi, en totale contravention avec la loi de 2713, Elle et moi tenions de longues conversations en français, sans que personne n'y trouvât à redire. Lev Charloth voyait là une condition favorable au renforcement de notre intimité, et espérait que cela débouche à terme sur l'idylle qu'il cherchait à provoquer. C'était délicieux de se promener pieds nus sur la plage, à l'ombre des palétuviers, en compagnie de cette femme si belle et si cultivée, gaie et spirituelle. Ce que Lev attendait ne tarda pas à se produire : je tombai amoureux d'Elle. Cela n'avait rien à voir avec l'attirance épidermique que je ressentais pour Oryana, mais c'était un sentiment profond, qui accaparait tout mon être, comme je ne l'avais connu qu'une fois dans ma longue vie, il y avait bien des siècles, avec ma Suzon…

« Mais ce n'est pas pour vous raconter mes états d'âme que je vous fais ce récit. J'en viens donc tout de suite à l'essentiel.

« Un soir que nous bivouaquions sur un motu de la barrière de l'ouest, et que, serrés l'un contre l'autre dans la fraîcheur vespérale, nous regardions le soleil s'abîmer dans les flots du Pacifique, je me laissai aller à lui dire quelque chose comme :

– Que nous sommes bien ici, Ellie ! C'est le Paradis

– Paradis artificiel, quand même ! me répondit-elle d'une voix un peu moins douce qu'à l'habitude, presque agressive.

« Par je ne sais quelle prémonition, est-ce le ton de sa voix ? une lueur particulière dans ses yeux de saphir ? je sentis qu'elle allait me dire quelque chose d'important, que cette conversation allait marquer ma vie. Mon doigt glissa sur mon *P-device* pour le mettre en mode enregistrement. Toujours ma manie de l'archivage sans doute… Voici cet enregistrement :

[Clic !]

« Pourquoi artificiel, mon Ellie ?

– Enfin, Toli, tu es naïf, ou quoi ? »

– Toutes les femmes qu'il aime le trouvent naïf, ce pauvre Anatoli ! remarqua Pascal Baüy…

Mais la voix d'Elle continuait :

« Nous bénéficions ici d'un statut tout à fait exceptionnel. Tu en es conscient, je suppose ?

– Oui, bien sûr ! Nous n'avons aucun souci d'intendance. Tout ce dont nous pouvons avoir besoin nous est aussitôt fourni. C'est ce que tu veux dire ?

– Oui, mais pas seulement…

– Pas seulement ? Mais alors quoi ?

– Tu ne sais pas que dehors, au loin, sévit une maladie qu'on appelle le syndrome de Mathusalem ?

– Si, bien sûr ! Comment pourrais-je l'ignorer ?

– Et tu n'as pas remarqué qu'ici, parmi toutes ces jolies femmes qui constituent ton harem, pas une – je dis bien pas une ! – ne montre de signe de faiblesse mentale ?

– C'est pourtant vrai !… On aurait trouvé un remède à la maladie ?

[Retentit un rire cristallin, légèrement moqueur.]

– Un remède ? Oui, on a trouvé un remède depuis longtemps. Un remède que n'aurait pas désavoué le gros Barta lui-même !

– Que veux-tu dire, Ellie ? Explique-toi !

– Eh bien, depuis plus d'un siècle maintenant, on euthanasie systématiquement tous les plus de 780 ans !

[Silence d'une minute, rompu par la voix étranglée d'Anatoli Le Fur]

– Tu en es sûre ?

– Absolument sûre ! Moi-même, je suis née en 2640. Un matin de 3420, à mon réveil, deux policiers m'attendront et m'embarqueront à bord de la vedette des garde-côtes, direction Tupaï, cet atoll au nord, au-dessus duquel on aperçoit en permanence ce panache de fumée. Tu ne t'es jamais demandé, Toli, ce qu'on brûlait là-bas ?

– Eh bien… Je pensais à une usine…

– Une usine ?… Tu es gentil, Toli… C'est peut-être pour ça que je t'aime… »

[Silence…]

– Ils se bécotent ? interrogea Côme Abahoumba.

– Chut ! répondit Pascal Baüy, vraiment écœuré par la légèreté de son collègue…

C'est encore la voix d'Anatoli Le Fur qui reprit :

« Mais Ellie, si tu es sûre de ça, il faut qu'avant cette date, nous trouvions le moyen de quitter cette île, de fuir, de nous réfugier quelque part ensemble !

[Retentit le même rire cristallin…]

– Toli ! Toli ! Tu es vraiment trop mignon ! Les évasions, ce sont des romans du passé… On ne s'échappe pas d'un camp néo-intègre !

– Et pourquoi pas ? Il suffirait de s'introduire une nuit à bord du cargo qui nous ravitaille et…

– Arrête, Toli ! Tu rêves…

– Mais non ! Il…

– Mais si !… Nous sommes absolument seuls sur ce motu. [Silence… Rumeur des vagues…] Je vais te dire un secret. Promets-moi de ne rien répéter, parce qu'on saurait que c'est moi qui te l'ai dit et je serais alors en grand danger !

– Je te le promets.

– Lors des stérilisations de masse, sous Doguiromani, on ne s'est pas contenté de désactiver les gens : on leur a greffé sur le bassin une micro-puce à alimentation biochimique. Nous sommes tous géolocalisés en permanence !

– Mais c'est, c'est…

– Monstrueux ? Incroyable ? Impossible ? Tout ça, oui ! Mais surtout, c'est la vérité vraie.

[Silence, rompu encore par Anatoli Le Fur]

– Mais toi, tu n'as pas été stérilisée !

– Non, bien sûr. Mais chacune des femmes d'ici a plusieurs siècles d'existence. La quasi-totalité d'entre nous a subi des opérations de chirurgie esthétique, et je connais assez la rigueur de méthodes néo-intègres pour être sûre que nous avons toutes été pucées. Celles qui, par extraordinaire, ne l'auraient pas été ont de toute façon dû être éliminées.

– Éliminées ? Tu ne veux pas dire… ?

– Tuées ? [Encore ce rire cristallin, mais grinçant cette fois…] Toli ! Que tu es gentil ! Tu crois qu'on reculait devant un meurtre sous le gros Barta ? Sais-tu à combien s'élevait la population mondiale avant le syndrome, vers 3100 ?

– Oui, à peu près… On devait être vingt milliards.

– Chiffre officiel ! En réalité, nous n'étions déjà plus que quatorze milliards et demi. Où sont passés, d'après toi, les 5,5 milliards manquants ?

– On ne les a tout de même pas… ?

– Exterminés ! Finis tes phrases, Toli ! C'est agaçant à la fin !

Non, pas tous. Il y a eu aussi des famines, des épidémies, de la criminalité… Mais oui, une bonne moitié a été exterminée dans des camps comme celui-ci, mais en moins *paradisiaque*, si tu vois ce que je veux dire… Tu comprends maintenant qu'on n'était pas à un meurtre près…

– Je ne peux pas le croire.

– Je te rappelle, Toli, que j'ai été la femme de Fouyen Kampfer, et que je ne suis pas, moi, naïve. »

– Encore ! susurra Côme.

« Mais quoi ! On ne les a pas exterminés juste pour faire baisser la population mondiale !

– Non, bien sûr. D'ailleurs Barta Doguiromani ne s'est jamais prévalu de ce succès, entre guillemets, puisque les statistiques officielles mentaient par excès. En fait, donner le vrai chiffre de la population mondiale aurait attiré l'attention de l'opinion publique sur cet inexplicable trou.

– Mais alors… pourquoi ?

– Réfléchis, Toli ! Tu ne m'as pas dit un jour que ta première femme – Suzon, c'est ça ? – faisait partie d'une secte d'aréliens qui crachaient sur les lois intègres-athées et continuaient à faire des bébés ?

– Si, si… Tu veux dire que ce sont ces gens-là qui ont été exterminés ?

– En priorité. Mais il y avait aussi des journalistes, des larouchiens, bref, tous ceux qui auraient pu cristalliser la contestation politique.

– J'ai encore du mal à admettre tout ça. Comment aurait-on pu… Comment a-t-on pu cacher de pareils massacres à la population. Le scandale aurait dû éclater un jour ou l'autre, forcément !

– Mais, Toli, tu vivais en NE-America, dans un secteur privilégié ! Le plus gros des massacres a eu lieu en W-Africa, ou en SE-Asia, en particulier dans les *former* Philippines, où les populations étaient culturellement les plus rétives à la politique de l'enfant nul. Barta organisait même des ZCS – *Zaroff Cleaning Safaris* – en Afrique subsaharienne. C'est un continent à peu près vide depuis des siècles. Tu n'as pas remarqué qu'il n'y avait aucune Noire parmi nous ?

– Si, si… mais tout de même, les réseaux…

– Ha ! ha ! Les réseaux ! Mon pauvre Toli, si tu savais combien de fois Fouyen a organisé des orgies pour les directeurs de réseaux, toutes tendances confondues ! Et puis soyons sérieux : comment aurais-tu pu être informé de ce qui se passait à l'autre bout du monde, alors que tu ne vois même pas ce qui se passe ici, sous tes yeux. ?

– Quoi ? Qu'est-ce que tu veux dire ?

– Toli, depuis que tu es ici, on a supprimé une centaine de tes pseudo-épouses, celles qui arrivaient en date limite de péremption. T'es-tu aperçu de quelque chose ?

– Non…

– Et tu croyais que la fumée là-bas, sous tes yeux, c'était une usine… Il n'y a pire aveugle que celui qui ne veut pas voir, Toli… »

[Touu-wit !]

« Je mis un certain temps à me remettre de cette conversation. Ce que m'avait révélé Elle allait au-delà de mes cauchemars les plus noirs ! La magnifique démocratie mondiale qui avait été mise en place après les guerres s'était muée petit à petit en la pire tyrannie que le monde ait connue ! Plus de deux milliards et demi d'hommes exterminés en cinq siècles ! Les notions historiques de génocide ou de crime contre l'Humanité restaient en deçà de la réalité de ce massacre ! L'ampleur de l'opération était inconcevable ! Ma première réaction fut une attitude de refus. J'évitai Elle pendant de long mois après cette confession. Je me jetai à corps perdu dans la fornication médicalement assistée avec mes luxurieuses compagnes. Cette occupation n'était-elle pas le philtre d'oubli idéal ?

« Mais lorsqu'on sait, on ne peut plus faire semblant d'ignorer. Le panache de fumée au-dessus de Tupaï était là pour me rappeler en permanence ce que j'aurais voulu nier. Mes rares moments de sommeil étaient plus horribles encore : des images de cadavres entassés, des corps calcinés, des policier riant et frappant à la fois, Elle sanguinolente et implorant ses bourreaux… Je me réveillais dégoulinant de sueur malgré l'air-conditionneur.

« Pas plus que mon cerveau endormi ne pouvait échapper à ces obsessions, mon cerveau éveillé ne pouvait éviter de fonctionner, en dépit des doses croissantes d'aphrotropine et de lysostress que j'ingurgitais. Je ne cessai de me rejouer intérieurement cette discussion sur le motu désert et plus j'analysais les révélations d'Elle, plus je devais me rendre à l'évidence : tout ce qu'elle m'avait dit était vrai !

« Je commençai par considérer avec un peu plus d'attention les allées et venues des garde-côtes entre Bora-Bora et l'atoll de Tupaï. Par deux fois au moins je fus témoin de l'aller sans retour qu'avait évoqué Elle. Il est vrai que, depuis la fin de la grande crise de l'*overfull*, je n'avais vécu que dans des milieux « protégés » : le Legazpi, devenu Ö.C.H., puis Bora-Bora, où on ne voyait jamais de patients atteints du syndrome de Mathusalem. J'avais toujours trouvé cela normal, et je m'étais imaginé qu'ils devaient être écartés vers des centres de soin lorsque la maladie se déclarait. Mais, en y réfléchissant, comment une société en implosion lente, comme l'était celle des XXXIe et XXXIIe siècles aurait-elle pu gérer cet incompressible tiers de déments, que donnaient mes évaluations sur le syndrome ? Incompressible ? Pas sûr ! Je voyais clairement maintenant comment on l'avait effectivement comprimé, et même annihilé…

« Mais en somme, il ne s'agissait que d'euthanasie préventive. On était loin de l'extermination à caractère idéologique des siècles précédents. Avait-elle vraiment eu lieu ? Cette fois encore, les chiffres que m'avait donnés Elle n'expliquaient que trop bien les seulement trois milliards et demi de survivants après la grande crise de l'*overfull,* évaluation qui m'avait tant surpris à l'époque.

« Bon, d'accord ! Mais comment concevoir que tout cela ait pu se passer à l'insu de… de qui ? De l'opinion publique ? Mais que valait l'opinion publique, formatée et trafiquée, sous un régime comme celui qu'avait évoqué Elle ?… Je me plongeai dans mes souvenirs d'histoire les plus lointains : les génocides du XXe siècle, l'extermination des Afro-européens au XXIIe siècle. La réalité de ces massacres avait toujours fini par éclater au grand jour, et cela même au bout de très peu de temps, à l'échelle de l'Histoire. Oui mais ! Ces massacres avaient été révélés *de l'extérieur,* par d'autre pays, comme on disait à l'époque. Qu'en était-il à l'intérieur des pays concernés ? Le citoyen allemand de base sous Hitler connaissait-il l'existence des camps d'extermination ? L'habitant d'Europe occidentale, pendant la reprise en main russe du XXIIe siècle, voyait-il quelque chose des exactions commises durant le grand « nettoyage » en cours à cette époque ? J'étais bien placé pour savoir que non ! Or depuis la fin des guerres, le régime intègre-athée, puis son rejeton néo-intègre, fonctionnaient à l'échelle du Globe, donc *sans extérieur*…

« Moi qui avais cru dur comme fer au progrès que représentait un gouvernement unique, j'étais obligé de revoir ma position… Mais alors l'Humanité était condamnée à errer entre guerres et massacres jusqu'à la fin des temps ?

« Mais qu'est-ce que c'est que cette philosophie à deux WU ? L'Humanité était condamnée tout court. L'Humanité *est* condamnée !…

« Pourtant… Pourtant il reste une petite chance… Il restait en tout cas à l'époque une petite chance, et nous sommes même passés tout près du sauvetage ! Et si ce sauvetage a finalement échoué, c'est encore une fois à cause des terrifiants instincts animaux qui sont à l'œuvre dans cette triste espèce… qui est pourtant la nôtre !

« Peu à peu, j'étais revenu vers Elle, qui n'était finalement coupable de rien, si ce n'est d'avoir arraché un peu trop brutalement le voile de la Vérité pour mes yeux habitués à la nuit. Quand ils furent assez forts pour envisager sans ciller cette triste réalité, je ne pus au contraire qu'être reconnaissant à Elle de m'avoir sorti de l'ignorance. Nos escapades solitaires reprirent de plus belle, au grand dam, je dois dire, de mes autres épouses, qui avaient cru que la disgrâce de ma favorite était définitive. Et bientôt mon sentiment pour elle grandit jusqu'à devenir une passion exclusive.

« Et un beau jour, alors que cette pensée ne m'effleurait même plus lors de mes longues séances d'amour avec Elle, le rêve de Lev Charloth se réalisa : Elle était enceinte !

« Nous étions alors en 3251, et cela faisait peut-être un demi-millénaire qu'un tel événement n'avait pas eu lieu ! Il fallut toutefois attendre quelques semaines pour savoir si la naissance à venir, qui serait à coup sûr un heureux événement pour Elle et pour moi, ferait aussi le bonheur de l'Humanité entière. En effet, rien n'était encore gagné à ce stade. Il y avait une chance sur deux que l'enfant fût de sexe féminin et dans ce cas, l'Humanité demeurerait dans l'impasse. Les autorités voulaient savoir tout de suite à quoi s'en tenir, mais Lev Charloth s'opposa avec énergie à tout prélèvement d'ADN fœtal, arguant que même si cet acte ne présentait qu'un à deux pour cent de risque d'avortement, on n'avait pas le droit de courir ce risque, vu le contexte… C'était tellement évident que même les fonctionnaires néo-intègres le comprirent.

« Dès la cinquième semaine, Lev procéda à des analyses

de sang maternel. Il ne voulut pas faire exploser sa joie jusqu'à ce que les examens ultrasoniques vinssent confirmer le diagnostic : notre futur bébé était de sexe masculin !

« Sa naissance serait donc l'heureux événement que toute la Planète attendait ! Ce n'était rien de moins que le Salut de l'Humanité qui habitait les entrailles d'Elle, et ce de manière objective et factuelle, non pas mythologique et symbolique, comme dans le cas des « messies » aréliens. Et j'étais son père ! Et Elle était sa mère ! Et nous étions fous de bonheur, comme il arrive aux futurs parents de l'être. Elle passait son temps à caresser ce ventre habité, de plus en plus rebondi au fil des mois. Je ne la quittais presque plus, négligeant mes autres femmes, écœuré par tout ce sexe, fier et heureux d'avoir fait ce merveilleux cadeau à Elle et au monde entier.

« Des équipes de tous les réseaux, publics et privés, débarquèrent à Bora-Bora pour nous filmer, nous interviewer, couvrir en temps réel cette miraculeuse grossesse. C'était un peu lourd, mais enfin on pouvait comprendre l'engouement du public pour notre histoire, et notre bonheur nous rendait indulgents.

« Dans quelques mois l'enfant naîtrait. Il s'appellerait Anatoli comme moi, et ce serait effectivement le nouveau soleil levant de l'humanité. Quelques années encore de patience, et il serait pubère. Avec quelle joie lui céderai-je alors mes droits – si droits il y avait… – sur tout mon « harem », dont chacune des membres attendait avec une impatience infinie le moment de suivre le même chemin que mon Elle ! C'est du moins la voie que traçait pour lui mon aveugle optimisme. C'était sans compter avec la psychologie totalement irrationnelle de ces harpies !

[Silence…]

« Comment s'expliquer un acte pareil ?… Et de la part de femmes cultivées, d'intellectuelles triées sur le volet !

[Nouveau silence…]

« Une nuit, alors qu'elle était dans son cinquième mois de grossesse, Elle fut prise de violentes douleurs abdominales. J'appelai aussitôt Lev, qui la fit transporter d'urgence dans l'aile de l'hôpital de Vaitapé qui avait été aménagée exprès pour elle, justement pour parer à toute éventualité.

[Silence…]

« Que ça me fait mal ! Je ne croyais pas que ce serait aussi dur d'évoquer ça…

[Nouveau silence…]

« Bref ! Elle fit une fausse-couche. Une hémorragie se déclara. Lev ne put sauver ni la mère, ni l'enfant…

[Bruit de sanglots…]

« La brutalité de l'événement avait surpris tout le monde, Lev le premier. La grossesse d'Elle s'était jusque-là si bien passée, sans le moindre problème !

« On réalisa une autopsie, qui permit de découvrir dans son sang des doses anormalement élevées de A02BB01, une prostaglandine de synthèse aux propriétés abortives bien connues, utilisée dans certains anti-inflammatoires. Elle avait été empoisonnée, dans le but délibéré de la faire avorter !

« Les autorités néo-intègres étaient furieuses ! Mes compagnes subirent des interrogatoires musclés, qui permirent d'établir à peu près la vérité : une cabale de jalouses, probablement menée par Godiva – oui, vous avez bien entendu : la même Godiva qui m'accompagne ici…

– *You called me, Sunrise? O.K., I'm ready… Mmmh…*

– *No! No! Get away, bloody bitch!*

[Claquement de porte.]

« Là, maintenant, je n'aurais pas pu… Cette Godiva,

donc, que j'ai été obligé de prendre avec moi pour des raisons que j'expliquerai, était vraisemblablement l'âme du complot qui avait abouti à ce lamentable dénouement. Lamentable pour mon couple, bien sûr, mais, au-delà, pour l'Humanité dans son ensemble. La faute de ces femmes était impardonnable ! Caïn, s'il fallait en croire l'imagerie biblique, avait, par le meurtre de son frère, détruit d'un coup un quart du genre humain. Godiva et ses complices avaient, par le leur, exterminé l'Humanité entière, en son germe.

« Vous vous étonnerez sans doute du fait que ces criminelles allaient demeurées impunies. Mais rappelez-vous que nous étions dans un contexte très particulier. Ces femmes étaient coupables, certes, mais elles étaient surtout *fécondes,* et une froide analyse de la situation ne laissait d'autre issue raisonnable que de les laisser continuer à jouer leur précédent rôle auprès de moi. Le gouvernement mondial ne pouvait pas se permettre de gâcher la moindre petite chance de sauver l'espèce. Leur fertilité potentielle leur assurait une immunité pénale de fait.

« Ce cas, me semblait-il, allait être bien embarrassant pour Österdaler et sa clique. Il n'en fut rien, et je pus apprécier à cette occasion l'habileté manœuvrière du gouvernement néo-intègre et, en même temps, le degré de désinformation atteint par ses médias. Ils ne pouvaient pas cacher longtemps au public qu'il s'était passé quelque chose : la grossesse d'Elle était soumise depuis le début à une exposition médiatique forcenée et tout le monde savait, même si la chose n'était plus advenue depuis des siècles, que la gestation humaine était de neuf mois… On rendit donc public le triste événement. Mon visage en pleurs passait en boucle sur les écrans. L'enquête qui suivit fut également couverte par les réseaux au jour le jour… quoiqu'avec une semaine de retard… Les coupables furent démasquées, arrêtées, condamnées. Devant la gravité sans nom de leur crime, on rétablit spécialement pour elles la peine de mort, suite à un référendum électronique, et les images de leur exécution furent retransmises sur la planète entière ! Seulement voilà : ces vahinés sacrifiées étaient des femmes qui m'étaient totalement inconnues, et tout cela se passait sur une île polynésienne très semblable à Bora-Bora, mais qui n'était pas Bora-Bora. Les plans montrant cette mascarade étaient habilement mélangés, dans les reportages, à des plans réellement tournés à Bora-Bora, si bien que le citoyen lambda, devant son écran, ne pouvait absolument pas deviner qu'on lui fournissait des boucs émissaires fictifs, où plutôt des chèvres, en l'occurrence…

« Il ne me restait plus qu'à retourner au charbon, et espérer que mon héroïque testicule fasse encore une fois son office. Mais c'est peu dire que le cœur n'y était plus…

« C'est à partir de ce triste événement que commença à se former dans mon esprit l'idée qui fait qu'aujourd'hui je m'adresse à vous… [Silence…] Si « vous » il y a…

« Quelque chose me disait qu'il n'y avait plus d'espoir ici et que si en quatre-vingts ans je n'avais réussi à féconder qu'un seul ovule, et chez une femme dont j'étais intensément amoureux, il serait difficile que j'engrosse *avant la fin* l'une de ces détestables pseudo-vahinés, que je rendais collectivement responsables de la mort d'Elle. Quand je dis : « avant la fin », je pèse mes mots. En 3251, je vous rappelle que, d'après les projections démographiques que j'avais établies pour moi après la crise de l'*overfull,* la population mondiale ne devait guère dépasser les dix millions d'unités. Et dans deux siècles et demi, si rien ne se passait avant la date fatidique de 3508, l'Humanité serait définitivement éteinte !…

« Il m'était d'ailleurs assez incompréhensible que les structures étatiques se fussent maintenues en dépit de cette terrible fonte démographique. Österdaler lui-même était-il encore vivant ? Ses ennuyeux discours nous étaient encore régulièrement servis sur les réseaux, mais il y avait belle lurette qu'on savait produire des images et des sons de synthèse plus vrais que nature… Quoi qu'on puisse en penser, c'était tout de même un tour de force assez exceptionnel ne serait-ce que d'assurer la persistance du fonctionnement de ces réseaux.

« Ceci dit, on sentait de plus en plus s'installer un certain flottement. Lev Charloth mourut très peu de temps après l'événement tragique que je viens de vous raconter. Qu'allait-il advenir de moi ? Allait-on recommencer à me torturer dans un obscur hôpital ? Un an s'écoula sans que rien ne vînt modifier ma situation, puis deux, puis trois… Bon gré, mal gré, le gouvernement néo-intègre lâchait les rênes…

« N'ayant plu la foi en la survenue d'un nouveau rejeton – et, en admettant qu'il dût naître, encore fallait-il qu'il soit de sexe masculin… –, sentant que les structures administratives étaient sur le point de se déliter, je décidai de réagir.

« Cette réaction est d'autant plus étrange que, jusque-là, j'avais été plutôt passif face au déroulement des événements. Est-ce la mort d'Elle qui provoqua en moi ce chamboulement ? Est-ce la perspective terrifiante des années à venir ? Je ne sais pas. En tout cas, je pris le taureau par les cornes, comme on disait il y a mille ans.

« Ici, il n'y avait plus d'espoir ou si peu… Mais nous avions lancé cinq siècles plus tôt un vaisseau habité qui s'appelait déjà « *Humanity Hope* », et qui portait de mieux en mieux son nom au fur et à mesure que les années passaient. Après tout, *Double H* abritait le denier noyau reproducteur de l'Humanité. Les timonautes avaient-ils déjà franchi le pas ? Avaient-ils compris la situation, et commencé à se reproduire pour combler les pertes dues au syndrome de Mathusalem ? Je n'en savais rien… Il y avait longtemps que *Double H* n'était plus un sujet médiatique, et il était même douteux que nous ayons maintenu le contact avec le vaisseau. Peu à peu mûrit donc en moi le projet de me rendre à l'observatoire de la cordillère des Andes, où j'étais allé plusieurs fois déjà dans ma vie antérieure. Là, je tâcherais de reprendre contact directement avec *Double H* et de mettre l'équipage au courant de la situation catastrophique qui était désormais la nôtre, si cela n'avait déjà été fait. Je les avertirais qu'ils étaient appelés à devenir le nouveau et seul germe de l'Humanité et qu'ils devaient se préparer en toute lucidité à leur nouvelle mission qui, si elle avait toujours été importante, devenait maintenant primordiale.

« Mais il me fallait toute une équipe pour mener à bien ce projet. Heureusement, j'avais en mes femmes un riche réservoir de compétences. Je mis dans la confidence Xian, une astrophysicienne de renom, Pussi, une informaticienne de très haut niveau, Sue, ingénieur en électronique et… Godiva, qui se trouvait être une ancienne spécialiste de télécommunications hertziennes. Voilà, vous comprenez maintenant pourquoi j'ai dû enrôler ce monstre dans mon équipe. Je décidai aussi d'emmener Oryana, qui pourrait éventuellement donner des conseils d'obstétrique aux futures parturientes de *Double H* ; mais j'avoue que ce ne sont pas ses compétences directement liées à mon projet qui déterminèrent ce choix. En fait, j'aurais eu du mal à me passer d'elle, le même mal qu'on a à abandonner l'opium, j'imagine…

« J'avais choisi ces femmes non seulement en fonction de leurs capacités, mais aussi en fonction de leur date de naissance, la plus tardive possible, pour qu'elles n'entrent pas en mathusalem dans les deux siècles à venir.

« Nous fîmes une première tentative d'évasion en 3267. Mes « drôles de dames » avaient soudoyé en nature l'équipage du *Malekula,* le cargo qui nous ravitaillait périodiquement, et nous avions mis le cap à l'est. Au bout d'une heure de navigation, nous étions arraisonnés par les garde-côtes et ramenés *manu militari* à Bora-Bora. On nous sermonna vigoureusement, mais aucune mesure sérieuse ne fut prise à notre encontre. Je savais depuis l'affaire d'Elle que les génitrices et moi-même, supposé géniteur, jouissions d'une totale impunité.

« En fait, c'est fort de cette certitude que j'avais organisé cette première tentative qui, plutôt qu'une réelle évasion, était davantage un test des capacités de réaction des autorités. Mon raisonnement était le suivant : nous étions tous pucés, soit ! mais pour effectuer une géolocalisation, encore faut-il qu'il y ait quelqu'un devant l'écran de contrôle… Et tôt ou tard, les effectifs nécessaires viendraient fatalement à manquer.

« Nous réitérâmes notre tentative en 3277, puis en 3285. La première fois, nous naviguâmes trois heures et la deuxième fois nous pensions avoir réussi lorsque nous fûmes interceptés par un navire de guerre – nous en avions donc encore ?… – au sud-est des îles Marquises. Nous avions tout de même parcouru plus de mille milles nautiques !

« En 3293 se produisit un fait nouveau : une implosion des réseaux, comme nous en avions connues pendant la crise de l'*overfull*. Mais cette fois-ci, ce serait la dernière ! Jamais plus nos *portable-devices* ne devraient remarcher. Notre microcosme de Bora-Bora, si bien huilé jusque-là, commença à se gripper. Je jugeai que c'était le moment ou jamais de mettre enfin pour de bon mon projet à exécution, avant que l'anarchie s'installe.

« Lorsque mon équipe de scientifiques péripatéticiennes

remonta à l'assaut du *Malekula,* nous eûmes la mauvaise surprise de constater que le mathusalem du capitaine était déjà fort avancé et que le pauvre homme avait largement sombré dans la démence. Cela prouvait, au passage, que le contrôle des cas et l'euthanasie systématique qui s'ensuivait partaient eux aussi à vau l'eau. Mais surtout cela remettait en cause la sécurité de notre traversée du Pacifique. Heureusement, Xian connaissait parmi ses consœurs une certaine Bonbon, qui avait été capitaine au long cours dans sa vie antérieure. Nous l'intégrâmes sans problème à notre petit groupe. Elle sentait bien qu'ici rien n'allait plus et nous symbolisions une sorte de dernière chance, aussi ténue fût-elle. Après tout, rester à mon contact laissait encore à ces femmes toujours fécondes l'espoir d'une grossesse salvatrice. Jusqu'à aujourd'hui, les cinq survivantes continuent d'ailleurs de me harceler de leurs assiduités pour obtenir de moi ce miraculeux spermatozoïde qui ne veut pas venir…

« Bref, le 20 mai 3294, nous quittâmes définitivement Bora-Bora. L'équipage du *Malekula,* mené de main de maître par notre Bonbon, nous amena sans encombre jusqu'au port Hrb 22 du SW-America ou, si cela vous parle plus, Tocopilla. La ville n'était plus d'ailleurs qu'un vaste champ de ruines, comme probablement toutes les villes du monde à cette époque. »

13.

« Nous avions pris la précaution de quitter Bora-Bora *avant* le déchargement du *Malekula,* donc avec les cales pleines. Le désolant spectacle qu'offrait cette ville morte, d'où toute présence humaine avait été éradiquée, confirmait s'il en était besoin le bien-fondé de cette précaution. Il convenait maintenant de s'organiser pour faire durer nos vivres car il était évident que l'approvisionnement allait rapidement devenir notre problème numéro un, et je n'avais nulle envie de revivre les affres que j'avais connues pendant la crise de l'*overfull.*

« Restait à trouver un moyen de parcourir les trois cents kilomètres qui nous séparaient de l'observatoire et d'y transporter le plus de ravitaillement possible. Les véhicules qu'on trouvait çà et là dans les rues de Tocopilla étaient évidemment tous hors d'usage. Heureusement il y avait dans le cargo deux forklifts à hydromoteur. Une fois de plus, je ne pouvais que me féliciter d'avoir intégré Bonbon à notre équipe. C'est elle qui eut l'idée d'utiliser ces deux chariots. Les matelots les mirent à quai sans difficulté grâce aux mâts de charge. Ils déchargèrent aussi deux containers de ravitaillement que nous plaçâmes sur les fourches des deux engins et c'est ainsi que nous prîmes le chemin de l'observatoire, Bonbon au volant d'un chariot, moi au volant de l'autre, et les autres perchés où ils pouvaient.

« La montée de Tocopilla vers l'altiplano se fait au milieu du décor le plus désertique que je connaisse. Mais pour la première fois j'allais la parcourir sans rencontrer un seul véhicule, sans voir âme qui vive ! Le silence effrayant qui régnait dans ces défilés, troublé seulement par le ronronnement des hydromoteurs, avait vraiment quelque chose d'angoissant. Pour nous tous, et peut-être pour moi davantage encore, cette solitude écrasante préfigurait le monde à venir. Mes femmes, si bavardes d'habitude, se taisaient, oppressées.

« Nous traversâmes Calama, que j'avais connue si animée et qui n'était plus maintenant qu'une ville fantôme s'effaçant peu à peu sous la poussière ocre du désert d'Atacama. »

– Il vient chez nous ! Il vient chez nous, je te dis ! s'excita Côme Abahoumba.

« Enfin, quatre heures après avoir quitté Tocopilla, nous parvînmes sur le site de l'observatoire. À notre grande surprise, il n'était pas complètement abandonné. Deux hommes en armes gardaient la barrière d'entrée, derrière des sacs de sable. Notre plaisir de retrouver enfin trace de vie n'était apparemment pas partagé. Les deux sentinelles nous intimèrent tout simplement l'ordre de faire demi-tour ! Nous tentâmes de négocier, d'expliquer notre cas, mais nous étions en train de perdre la partie lorsque l'un des gardes prononça le nom du chef de station, à savoir le professeur Feuzeboc.

– Banki Feuzeboc ? repris-je.

« Je le connaissais très bien pour l'avoir déjà rencontré ici même, bien des siècles auparavant. Le fait que je connaisse personnellement leur chef changea la donne. Ils appelèrent le poste de contrôle – ce qui prouvait que, localement au moins, ils avaient du réseau – et on nous autorisa enfin à pénétrer dans l'enceinte.

« Je dois dire que l'accueil que me réserva mon ancien collègue fut plutôt frais. En fait, il voyait surtout en nous de nouvelles bouches à nourrir. L'atmosphère se détendit lorsque nous lui apprîmes que nous n'étions pas venus les mains vides, mais qu'un cargo de vivres était à sa disposition dans le port de Tocopilla. Toutes affaires cessantes, il envoya les trois *road-trains* dont il disposait pour commencer le transfert de ces denrées vers la station. Il nous expliqua que la région n'était plus sûre et que des bandes de pillards parcouraient déjà la côte, à la recherche principalement de nourriture, la zone n'étant, pour le moins, pas très productive. Feuzeboc nous donna une belle peur rétrospective en nous disant que nous avions eu de la chance de ne pas les rencontrer, car, selon lui, ils n'auraient pas hésité à nous massacrer pour s'approprier nos vivres.

« Ici, l'anarchie post-néo-intègre avait déjà commencé !

« Banki Feuzeboc nous expliqua qu'il avait organisé ici, où l'isolement la protégeait, une sorte de petite cité autonome depuis que les communications avec l'extérieur s'étaient interrompues, et qu'il comptait bien protéger son petit monde de la violence qui, selon lui, n'allait pas tarder à s'installer partout. Tous ceux qui vivaient là avaient connu la crise de l'*overfull* et personne n'avait envie de subir encore une fois les mêmes tribulations. Les physiciens, électroniciens et autres informaticiens s'étaient donc reconvertis en bergers des Andes. Ils élevaient leurs lamas et faisaient pousser un peu de quinoa dans l'oasis de San Pedro d'Atacama, un peu plus bas.

« Xian lui posa alors en esperanglish la question suivante, à laquelle je fus étonné de n'avoir pas pensé jusque-là :

– Mais les réseaux ont lâché il y a seulement un an ! Comment avez-vous pu vous organiser aussi rapidement ?

– Un an ? Tu veux dire dix, ma petite ? lui répondit dans la même langue le professeur Feuzeboc.

« Xian n'était peut-être plus vraiment une « petite », mais

cela faisait effectivement dix ans que la station de la puña de Licancabur était livrée à elle-même ! »

Pascal Baüy fut obligé de mettre sur *pause*, parce que la voix de son collègue béninois venait une fois de plus de se superposer à celle d'Anatoli Le Fur.

– Licancabur ! Vous entendez, les gars ? Il l'a dit ! Il a dit « Licancabur » ! C'est d'ici qu'il nous parle ! D'ici exactement !

– En tout cas de pas loin d'ici… spatialement parlant. Mais nous le savions déjà, tempéra Hartmut Tausend.

– Tout de même, tout de même… Licancabur…

Côme un peu calmé, Pascal relança l'enregistrement :

« Cela confirmait que Bora-Bora avait joui d'une attention toute particulière du pouvoir et que nous avions vécu en quelque sorte en différé la grande panne des réseaux. En réalité, la situation était déjà beaucoup plus grave que nous le pensions.

« Mais nous n'avions pas encore parlé de *Double H*. J'ai enregistré ma conversation à ce sujet avec Banki Feuzeboc mais, comme nous parlions en esperanglish, je vous la ferai écouter tout à l'heure. En voici en gros la teneur. Je lui demandai si la liaison avec le vaisseau spatio-temporel avait été maintenue, en devinant que la réponse serait négative. En fait, les opérations de maintenance avaient été perturbées bien avant l'effondrement des réseaux et les gigantesques paraboles n'étaient plus que décoratives, depuis une quarantaine d'années déjà. »

– Tiens, remarqua Pascal Baüy, on était revenu aux grandes paraboles ?...

« Compte tenu du fait que, quarante ans plus tôt, *Double H* était déjà à presque cinquante années-lumière de la Terre, les nouvelles les plus fraîches du vaisseau remontaient en fait à 3204 ! Quelles étaient-elles ? Heureusement plutôt positives...

« Dès 3150, les survivants de *Double H* – ils n'étaient plus que huit sains d'esprit ! – avaient compris la situation et s'étaient décidés à procréer pour éviter l'anéantissement total, comme cela se serait aussi nécessairement passé sur Terre, avec ou sans l'aval des autorités, si seulement nous avions disposé de géniteurs... Sur ces huit survivants, il y avait autant d'hommes que de femmes, ce qui était une situation plutôt favorable pour éviter une consanguinité trop étroite. La troisième naissance fut hélas marquée par la mort en couches d'une des quatre mères. Mais cet accident aguerrit peut-être les sages-femmes improvisées ; en tout cas il ne se produisit plus rien de tel par la suite. L'effectif initial de quarante personnes était reconstitué dès les premières années du XXXIIIe siècle, donc très peu de temps avant le récent black-out. Feuzeboc n'avait rien de plus à me dire à ce sujet.

« Au début, il se montra très réticent quant à mon projet de rétablir le contact avec *Double H*. À quoi bon, d'après lui, puisque tout y était rentré dans l'ordre ? Ces gens-là – les timonautes – avaient montré qu'ils étaient capables de se débrouiller sans nous, et leur histoire n'était plus la nôtre, désormais. Ici, des problèmes plus vitaux allaient rapidement se poser !

« On ne pouvait pas lui donner entièrement tort, mais pourtant j'insistai. Il y avait trop d'années que je chérissais ce projet pour renoncer maintenant ! À vrai dire, à ce stade, je n'avais pas d'argument de poids à opposer à Feuzeboc. La seule justification rationnelle pour une reprise de contact était le soutien psychologique qu'une telle initiative pourrait représenter pour l'équipage de *Double H*. Mais on pouvait aussi me répondre que donner des nouvelles exactes de l'état où se trouvait notre monde n'était pas précisément de nature à encourager les timonautes. D'ailleurs Feuzeboc ne s'en privait pas.

« Si je finis par obtenir son feu vert, c'est que je mis en avant la manne que représentait pour lui et sa communauté la cargaison du *Malekula* – Entre temps, ces précieuses marchandises avaient été ramenées sur la base par une noria des trois *road-trains*. Je fis appel à sa gratitude : il nous devait bien ça !

« Il fallut remettre en état la parabole principale, qui avait beaucoup souffert ces dernières années. Les choses étaient rendues difficiles par l'absence totale de possibilités de recours à l'extérieur. Il fallait tout faire avec les moyens du bord. À cette occasion, j'eus tout lieu de me féliciter d'avoir emmené avec moi mon équipe féminine, qui se montra d'une ingéniosité et d'une efficacité prodigieuses. Je ne rentre pas dans les détails mais en cinq petites années, les efforts coordonnés de mon équipe et de celle de Banki Feuzeboc aboutirent à la mise en fonction d'un système un peu simplifié par rapport à l'ancien, mais encore plus puissant.

« Nous fêtâmes le 1er janvier 3300 en envoyant un message de vœux à *Double H*. Parti le 30 juin 2771, le vaisseau spatial était maintenant à 53 années-lumière de la Terre. Il faudrait donc 58 ans et 10 mois à notre message pour lui parvenir. En effet, lorsque notre signal atteindrait la position occupée par le vaisseau lors de son émission, *Double H* aurait avancé d'environ 5,3 années-lumière. Lorsque le signal aurait atteint cette nouvelle position, le vaisseau ne serait déjà plus là, etc. C'est le fameux paradoxe de Zénon, résolu depuis bien longtemps. Les 58 ans et 10 mois peuvent être vus comme la somme infinie des termes d'une série géométrique. Bref, lorsque *Double H* aurait reçu ce message, il faudrait encore le même laps de temps pour que son éventuelle réponse fasse le chemin retour. C'était donc au total 117 ans et demi que prendrait cet échange, ce qui était bien sûr très frustrant. De plus, cela nous reportait à 3417, moins d'un siècle avant la fin du monde annoncé…

« Ceci dit, pour tromper notre attente, nous pouvions écouter, grâce à notre nouveau dispositif, les messages émis par *Double H* cinquante ans plus tôt, c'est-à-dire à partir de 3250. Ces messages, étant donné le décalage aller, commentaient des événements terrestres de 3200 environ. Il était très curieux pour moi de constater que je faisais personnellement l'objet de bon nombre de ces commentaires. M'acclimatais-je bien à Bora-Bora ? Avais-je pu produire d'autres spermatozoïdes ? On sentait dans ces questions une vraie angoisse – ô combien justifiée ! – quant à l'avenir de l'Humanité.

« Comme les choses avaient changé depuis le départ radieux de *Double H* ! Les timonautes, qui s'attendaient sûrement à devoir un jour accueillir des wagons de colons en provenance de la Terre, ou d'Iso 0, pour être précis, avaient déchanté au fil des années. Peut-on seulement imaginer leur détresse de se sentir peu à peu devenir le seul vestige d'une civilisation à jamais disparue, suspendus sur leur trajectoire cosmique à des années-lumière de tout havre accueillant, que ce soit leur destination ou leur planète-mère ?... Et qu'allait devenir cette détresse cinquante-quatre ans plus tard, lorsqu'ils allaient être confrontés au silence absolu de leur base arrière ? En effet, à l'époque d'où nous parvenaient les messages que nous écoutions alors, ils n'avaient bien sûr pas vécu le black-out de quarante-six ans qui s'était écoulé ici entre la dernière émission de l'équipe Feuzeboc et la tout récente reprise de contact. Comment allaient-ils interpréter ce grand blanc, sinon comme le signe de l'extinction définitive de l'Espèce ? Et d'ailleurs, ils ne seraient pas loin de la vérité : tout ceci n'était-il pas qu'un sursis ? J'espérais au moins qu'ils n'auraient pas abandonné définitivement toute tentative d'écoute après ce désespérant silence et que nos messages actuels n'iraient pas se perdre dans le grand nulle part...

« En fait, tout au fond de moi-même, je connaissais très bien, sans peut-être vouloir me l'avouer, la raison de mon entêtement à renouer le contact. Je voulais être rassuré une dernière fois sur le bon déroulement de leur mission et donc sur l'avenir de l'espèce humaine, ce qui, hélas pour nous autres ici, me semblait synonyme...

« Maintenant, je sais que tout ceci n'était que peine perdue. [Silence...]

« Mais je vous dois encore quelques explications à ce sujet.

« Dans les premières années de notre séjour à la station de la puña de Licancabur, nous eûmes à subir quelques attaques de pillards, qui avaient eu vent, sans doute, de l'existence de notre trésor alimentaire. Nous les repoussâmes sans trop de difficultés, grâce aux précautions qu'avait prises Banki Feuzeboc. Si on pouvait lui reprocher d'avoir un peu négligé sa mission au cours des dernières décennies, on doit reconnaître qu'il avait organisé de main de maître la survie de sa petite communauté. Nous étions les seuls à posséder un réseau en état de marche, ce qui nous conférait un avantage décisif sur ces bandes inorganisées. Nos champs de quinoa, dans la vallée, étaient sous surveillance vidéo, ainsi que la station, bien sûr. Enfin, Feuzeboc avait réussi à se procurer je ne sais comment des armes de dernière génération, comme je ne savais même pas qu'il en existât ! Sa petite troupe, qui comptait au moment de notre arrivée environ trois cents personnes, était donc suffisante, moyennant l'utilisation de cet arsenal, pour assurer la sécurité de la station et de ses annexes agricoles. Les gangs de desperados qui eurent la mauvaise idée de s'en prendre à nous furent décimés sans pitié.

« Le temps passant, ces escarmouches se firent de plus en plus rares, probablement faute d'agresseurs potentiels. La région n'a jamais été très peuplée, mais à la fin des années 3320, nous étions peut-être les seuls humains à mille kilomètres à la ronde. Cet isolement était notre meilleure protection dans ce monde qui allait inévitablement au chaos. Mais il était aussi un poison pour les animaux sociaux que nous sommes. Il fallait à tout prix maintenir le moral de notre petite communauté. Heureusement, une bonne moitié d'entre nous était constituée de scientifiques, et il n'est jamais très difficile d'occuper un scientifique.

« J'eus l'idée de lancer un programme d'approfondissement des travaux de Narushaël Tienlin, ceux-là même qui avaient été à l'origine de l'expérience *Double H.* En effet, le vaisseau était parvenu désormais à une telle distance de la Terre qu'en analysant les données emmagasinées sur les ordinateurs de la station depuis son départ, on pouvait peut-être répondre à la question que se posait Tienlin dès 2733, à savoir : quel était le rayon de courbure de la Sphère-univers et sous quel angle cette spirale coupait-elle les univers spatiaux ? Pour vous qui m'écoutez, c'est peut-être disserter sur le sexe des anges, mais les scientifiques qui m'entouraient s'emparèrent avec délectation de ce challenge que je leur proposais, et se plongèrent dare-dare dans leurs équations.

« Évidemment, les conditions n'étaient pas idéales. On ne pouvait plus compter sur le réseau mondial et nous étions condamnés à travailler avec les archives propres de la station, heureusement très riches, ou à retrouver par nous-mêmes les résultats qui nous manquaient. Par ailleurs, il nous fallait participer aux travaux « rustiques », comme les appelait Feuzeboc, c'est-à-dire la culture du quinoa et les soins aux lamas. Nous avions un tour, établi par ses soins, et il n'aurait pas fait bon le sauter ! Enfin, moi-même, pourtant l'instigateur et le coordinateur du projet, j'étais constamment sollicité par mes compagnes pour des activités à caractère sexuel…

[Une voix haut perchée d'Asiatique intervint, suppliante :]

– *Sexual, Sunrise? Oh yes, please! Sex me, Sunrise, pleaaase…*

– Je vous présente Xian…

– *Xian, yes! Sex your Xian!*

– Je reviens… »

– Encore ! s'exclama Côme. Effectivement, ça n'a pas dû être facile de bosser entouré de toutes ces nymphos !

[Après les quelques ahanements d'usage, Anatoli Le Fur revint s'asseoir en face du micro, d'après les raclements perçus par ses auditeurs du XXIe siècle.]

« Où en étais-je ? Ah oui, nos travaux. Vous voyez, ça n'a pas été facile… »

– Qu'est-ce que je vous disais ? remarqua encore le Béninois…

« Il y avait encore un autre paramètre qui venait compliquer les choses : c'était la fonte des effectifs. En effet, ici comme très certainement dans les quelques autres foyers habités qui pouvaient subsister, la mortalité continuait son implacable travail de sape, au rythme moyen de 3 % annuels. Les décès étaient essentiellement dus au syndrome de Mathusalem, bien sûr ! Enfin, en disant cela je déforme un tout petit peu la réalité. En fait Banki Feuzeboc avait fait siennes les méthodes néo-intègres et, dès que les premiers symptômes apparaissaient, le malade était emmené quelque part sur l'altiplano et exécuté sans autre forme de procès !

« Outre ces euthanasies, la population de la station était confrontée à une mortalité « ordinaire » : maladies et accidents. Ainsi, en 3323, Sue l'électronicienne décéda de brucellose, avec plusieurs autres résidents de la station. En effet, les conserves que nous avions amenées avec nous depuis Bora-Bora, prévues pour une population peut-être cent fois supérieure à celle de la puña de Licancabur, avaient duré jusqu'à cette époque. Évidemment, les dates de péremption étaient archi-dépassées, mais dans ce contexte, qui s'en souciait ? Jusqu'au jour où cet accident vint nous rappeler à l'ordre… Et, bien sûr, les structures médicales n'étaient pas ici celles que nous avions pu connaître, les uns et les autres, à l'époque de la splendeur intègre-athée… Nous avions un médecin, mais ni chirurgien, ni aucun moyen de nous réapprovisionner lorsqu'un médicament venait à manquer, si bien que des pathologies qui auraient pu être soignées dans des conditions normales débouchaient parfois sur une issue fatale.

« Bref, nous obtînmes quelques résultats, ceux-là même qui me permettent d'adresser ce message avec une probabilité raisonnable d'être capté, mais pas de réponse définitive à la question fondamentale que nous nous posions. Et comment aurait-il pu en être autrement ? Bien sûr, nous avions un peu plus de recul que nos prédécesseurs, mais nous n'étions qu'une poignée, avec des moyens réduits. Si les légions de scientifiques de la grande époque intègre-athée s'étaient cassé les dents sur ce problème, n'était-il pas un peu présomptueux de notre part d'espérer le résoudre ? Bon, il ne faut pas perdre de vue le fait que, pour nous, il s'agissait plutôt d'un dérivatif intellectuel pour attendre la réponse de *Double H*.

« Pendant ce temps, nous continuions à recevoir les messages émis par le vaisseau avant le black-out. La station de la puña avait émis jusqu'en 3254, c'est-à-dire trois ans après la mort d'Elle. Je dus donc revivre en différé, et comme réfléchis par les commentaires des timonautes, ces événements qui m'avaient touché de si près ! Je sus l'euphorie qui avait animé l'équipage de *Double H*, parents et enfants confondus, à l'annonce par Banki Feuzeboc de la grossesse d'Elle. C'était pour eux l'espoir de ne plus être seuls dans cet univers hostile, l'espoir à nouveau de pouvoir un jour accueillir sur une Terre régénérée les descendants d'Elle, *mes* descendants ! Et puis ce fut la fausse couche, la mort d'Elle… Le moral des timonautes retomba au plus bas, plus bas même que je le croyais possible. Cette empathie me touchait infiniment, et j'en fis part aux timonautes. Disons plutôt que j'envoyai le message qui était censé leur en faire part dans… dans soixante-cinq ans… Eh oui ! *Double H* continuait à s'éloigner au fil du temps, et le dialogue ressemblait de plus en plus à deux monologues.

« Trois ans plus tard, de deux monologues, nous tombâmes à un seul : de nous vers eux. En effet, le black-out consécutif à l'abandon des installations par l'équipe Feuzeboc se fit enfin sentir dans les réponses de *Double H*. Une indescriptible angoisse s'empara visiblement des timonautes suite au silence de mort de la planète-mère. Non pas qu'ils ne s'y fussent pas attendus – les nouvelles alarmantes de l'état du monde que leur donnait depuis un moment déjà Banki Feuzeboc leur laissaient bien sûr présager un tel dénouement – mais pas si tôt ! pas si brusquement ! Le contact s'était rompu tout net, suite à une panne finalement jamais réparée – du moins jusqu'à ce que nous arrivions – et Banki Feuzeboc n'avait pas eu le temps de prévenir les timonautes.

« Ils commentèrent encore pendant trois ou quatre ans leurs essais désespérés d'écoute ; et puis se lassèrent, jugeant à juste titre que leurs « Allô, la Terre ? Ici *Double H*, répondez ! » ne nous parviendraient qu'une centaine d'années après l'événement qui avait provoqué le black-out...

« Et ce fut le silence...

« Il nous faudrait maintenant attendre cinquante-cinq ans pour savoir s'ils avaient bien recommencé à recevoir les nouvelles que nous leur adressions en continu depuis la reprise de nos émissions en 3300. Vous vous étonnerez peut-être de ce chiffre de cinquante-cinq ans, puisque le black-out n'avait duré, ici, qu'un peu plus de quarante-cinq ans. C'est tout simplement qu'entre le début et la fin de cette interruption, *Double H* s'était encore éloigné de cinq années-lumière, à parcourir dans le sens aller pour le dernier message de la Terre, et dans le sens retour pour un éventuel nouveau message du vaisseau, d'où les dix ans de plus...

« Mais nos installations seraient-elles toujours en état dans cinquante-cinq ans ? Ici, petit à petit, tout se délitait, reproduisant à l'échelle de notre microcosme ce qui s'était passé à l'échelle du Globe au siècle passé. Comme je l'ai dit, c'est essentiellement à Banki Feuzeboc que nous étions redevables de l'ordre qui régnait ici. Or Feuzeboc commença à montrer dès 3370 les premiers signes du syndrome de Mathusalem.

« Fallait-il appliquer la procédure normale à Banki Feuzeboc ? Et, si oui, qui pouvait en décider ? Il était en tout état de cause vital de procéder à un changement de leader. Je proposai, à l'insu du chef de station, qui l'aurait mal pris, à ce stade de sa maladie, d'organiser des sortes d'élections pour le remplacer. Je dis « des sortes d'élections » car nous n'étions déjà plus qu'une trentaine de personnes à la puña de Licancabur. Mais à trente ou à trente millions, l'homme est toujours travaillé par les mêmes démons. Le processus électoral que j'avais initié fut brutalement interrompu par la prise de pouvoir autoritaire de Hans Douglas Alderney, simple chauffeur de *road-train*, mais force de la nature bodybuildée qu'il était difficile de contrôler dans cette situation. J'avais le sentiment de retourner vers un état primitif, où les mâles les plus brutaux s'imposeraient…

« Il ne servait à rien de s'opposer de front à ce putsch, et je dus subir, comme du reste tout le reste du personnel de la station, la rude férule de notre nouveau maître. Sa première mesure fut d'éliminer Banki Feuzeboc. Au lieu de l'emmener dans le désert, comme cela se faisait habituellement, il l'exécuta devant témoins et dans les locaux mêmes de la station. Je fus personnellement chargé de l'enterrer, avec l'aide d'un collègue du labo. Feuzeboc disparu, Alderney nous traita tous comme des chiens, avec une jouissance sadique, exacerbée sans doute par un besoin plus ou moins conscient de revanche vis-à-vis de nous autres, intellectuels. J'étais particulièrement dans sa ligne de mire, comme concurrent potentiel à la domination, étant donné ma réputation, jadis mondiale, d'étalon. Il violait mes femmes le plus ostensiblement possible. J'en étais désolé pour elles, mais j'avoue égoïstement que cela me reposait un peu. Ce que je supportais moins, c'était les fréquentes raclées qu'il m'administrait, sous les prétextes les plus futiles. En ces occasions, il prenait un malin plaisir à maltraiter mon dernier testicule, au point que je me demandais s'il allait supporter le règne de Hans Douglas Alderney…

« Du temps de Banki Feuzeboc, j'avais eu accès au listing confidentiel du personnel de la station qui comportait, en particulier, les dates de naissance des uns et des autres. Hans D. Alderney était né en 2630. Par conséquent, en

3430 je serais définitivement débarrassé de lui, si du moins je survivais moi-même jusque-là… Je me consolai donc des brimades auxquelles j'étais soumis en me disant que soixante ans n'étaient rien pour moi qui allais sur mes mille trois cents ans ! Mais les vivre au quotidien était une autre histoire ! Les violences répétées dont j'étais victime n'auraient-elles pas raison de moi avant cette échéance ? Et puis, aux premières approches de son mathusalem, Alderney n'allait-il pas, en perdant tout contrôle sur lui-même, me battre à mort ?

« Heureusement, les circonstances allaient me délivrer de cette plaie bien avant cette date. Nous subissions les vexations et les violences de notre leader autoproclamé depuis non loin de vingt ans lorsqu'un matin de 3392, Hans Douglas Alderney fut retrouvé baignant dans son sang. Il avait été poignardé pendant son sommeil. Quand je dis « poignardé », c'est lardé de coups de couteaux que je devrais dire… Il n'y eut pas d'enquête, chacun se réjouissant de cette mort prématurée. Cependant, je suis sûr que c'était encore une fois Godiva qui avait frappé. C'est en effet elle qui avait été choisie par la brute pour subir ses assauts la veille au soir. La connaissant, je ne doute pas un instant que ce soit elle qui nous ait débarrassés de ce monstre. Les loups se mangent entre eux… »

14.

« La parenthèse Alderney refermée, nous n'étions plus que seize personnes à la station, dont mes cinq femmes et moi-même. Mon estimation de la population mondiale était de trois millions environ, sans que j'aie aucun moyen de vous l'affirmer avec certitude, bien sûr ! Quoi qu'il en fût, nous étions trop peu nombreux ici pour songer à une quelconque reprise de recherches scientifiques. De toute façon, la maintenance de notre émetteur-récepteur – car nous continuions à émettre sans relâche vers *Double H* – et l'exploitation de notre mini-ferme nous occupaient déjà bien assez. Et je ne compte pas les sollicitations continues de mes épouses, convaincues que leurs entrailles pouvaient encore sauver l'Humanité, à moins que ce ne fût tout simplement l'aphrotropine qui s'exprimait dans leur rut éternel…

« La seule chose que j'attendais quant à moi, ne voulant pas, n'osant pas me projeter au-delà, c'était la réponse de *Double H*. En fait, les vingt-cinq ans qui s'écoulèrent dans cette attente me font aujourd'hui l'effet d'une poignée de jours. Enfin libéré de mon tortionnaire, je trouvais ma situation à la puña de Licancabur infiniment confortable, en dépit de toutes les angoisses qu'elle portait en germe, et le temps passait beaucoup plus vite que lorsque je vivais dans la crainte quotidienne des coups.

« Le 18 juin 3417, qui se trouvait être le jour de mon mille trois cent trente-troisième anniversaire, un grésillement se fit entendre dans les baffles de notre amplificateur de signal. Bonbon, qui était à l'écoute, m'envoya appeler de toute urgence, pendant qu'elle affinait le réglage. J'entrais tout juste dans la salle de contrôle pour entendre les premières paroles identifiables en provenance de *Double H*, qui avaient dû être prononcées cinquante-huit ans plus tôt là-bas, dans les profondeurs du cosmos. Je peux vous les répéter textuellement aujourd'hui encore, et pour cause ! Une voix que je ne connaissais pas répétait :

– *Hallo! Here Anatoli Le Fur! Some news from Earth!*

« Le premier moment de surprise passé, je compris que celui qui parlait ne faisait que répéter mes propres paroles, comme un perroquet. Suivait un salmigondis d'incohérences, de sottises, voire d'insultes. Notre interlocuteur n'était d'ailleurs pas seul et le vaisseau spatio-temporel semblait la proie d'une bande d'étudiants en goguette ou, pour mieux dire, d'un contingent d'aliénés en cavale.

« Pourtant, les premiers rejetons de timonautes étaient nés vers 3150 et n'avaient donc *que* deux cents ans au moment où ce message avait été émis par *Double H*. Ils étaient donc encore loin, et a fortiori leurs petits frères, de l'époque où ils étaient censés développer leur mathusalem ! Que s'était-il donc passé sur *Double H* ?

« L'écoute du tissu d'inepties que nous recevions, ponctué de temps à autres de l'absurde : « *Hallo! Here Anatoli Le Fur…* » aurait pu se prolonger des jours et des jours sans nous apporter le moindre élément de réponse. Heureusement, quelques heures seulement après le début de cette décevante émission, alors que les fous, s'il faut les appeler ainsi, s'étaient calmés ou, en tout cas, éloignés des micros, quelques paroles sensées nous parvinrent enfin. La voix qui les prononçait n'était qu'un chuchotement, mais je la reconnus d'emblée, pour l'avoir bien souvent écoutée à l'époque qui avait immédiatement suivi le lancement de *Double H,* lorsque nous pouvions réellement *dialoguer* avec les timonautes. Il s'agissait d'Hubertin Mérine, l'un des quarante de l'équipage initial. Il était né comme moi en *former* France et, curieusement, il nous adressait – m'adressait, en fait – son message en français. En voici l'enregistrement.

> « Allô ! Anatoli ? J'espère que ce message te parviendra. Voilà cinquante-huit ans que tu nous as envoyé le tien. Et il faudra encore cinquante-huit ans pour que tu reçoives ma réponse… Enfin, si tu savais ! Si tu savais comme il m'a fait plaisir !

[Sanglots…]

« Je croyais que tout le monde était mort, là-bas, sur Terre… Et non ! Peut-être que vous avez réussi à faire des gosses. Ici, on est foutu ! On en a eu, des gosses, mais on est foutu ! Tu les as entendus, depuis tout à l'heure, ces débiles ! Mais il faut que je te raconte les choses dans l'ordre. Moi-même, je commence à sentir que cette saloperie d'*overfull* s'est attaquée à moi…

[Silence…]

« Je suis allé voir le docteur Télémaque la semaine dernière. Il m'a pourtant dit : « Hubertin, tu n'as rien ! » J'avais peur d'avoir l'*overfull*. C'est que je suis seul tout seul, maintenant. Les quarante – on était quarante, tu le sais, Anatoli ? – les quarante sont morts. Enfin, les trente-neuf autres. Je suis le dernier à avoir connu la Terre. La Terre, les bois, les oiseaux, la mer… La mer, Anatoli… Bon, qu'est-ce que je disais ?… Je suis allé voir le docteur Télémaque il y a deux jours. Il m'a dit : « Hubertin, tu n'as rien ! » C'est les autres, là, les gosses. Eux, ils sont bien atteints ! Bon, mais ça fait plus de cinquante ans que vous n'avez pas de nouvelles de nous. Il faut que j'explique. Télémaque a dit que ça devait être le rayonnement cosmique. On a un bouclier, bien sûr, mais on en prend quand même ! Il a dit à l'époque – il est mort en 3335, le 10 janvier 3335 – que ces rayons avaient dû altérer le code génétique de nos gamètes. C'est-à-dire qu'on revenait petit à petit à l'équilibre antérieur.

– *Hubertine, what say you, bastard? You speak foolish! Ha! ha!*

– *Shhht! Go sleep, Cesar, go sleep! Don't awake the others.*

« Il faudrait qu'ils me laissent terminer, ces dingos. Moi, je ne sais pas…Je suis allé voir le docteur Télémaque. Il m'a bien dit : « Hubertin, tu n'as rien ! » Télémaque, donc, avait dit que c'était le code génétique qui merdait. Au lieu de développer l'*overfull* à huit cents ans ou presque, les gosses le développaient à deux cents ! Et plus le temps passe, plus c'est tôt ! Les derniers le chopent dès soixante-dix ans. C'est une catastrophe !

[Silence…]

« Et puis, ils sont morts, Guénol, Tartass, Batzie… Pratt, Tartass… Bref, il ne reste plus que moi et Télémaque… Non, Télémaque est mort en 3335, le 10 janvier 3335. Enfin, je suis le dernier à avoir connu la Terre. Les autres, eh bien les autres c'est les gosses, et leurs gosses à eux… On voulait juste revenir à quarante, comme au départ mais au fil du temps on a perdu le contrôle, nous les anciens. Ils ont fait des gosses, et encore des gosses. On doit être plus de cent, maintenant ! C'est le krakataüm ici [Silence…], le capharnaüm, je veux dire. Je mélange tout, Anatoli !… Pourtant, je suis allé voir le docteur Télémaque hier, et il m'a dit : « Hubertin, tu n'as rien ! »

« Je ne sais plus ce que je te disais, Anatoli. Nos gosses, ici, ils ont une espèce d'*overfull* précoce. Ils copulent entre eux sans préservatif, sans s'occuper de savoir si c'est avec leur frère ou avec leur sœur et plus ça va, plus c'est n'importe quoi ! Il faut même que je fasse gaffe : il y en a qui sont violents.

– *Shut up, old bastard, we want sleep! Want your knock?*

[Après quelques instants de silence, Hubertin reprit un ton plus bas :]

« Ça, c'était… C'était… Comment s'appelle-t-il déjà ? Ça m'échappe encore…

« Pourtant, Télémaque m'a bien dit : « Hubertin, tu n'as rien ! » Anatoli, tu m'entends, Anatoli ? Oh oui, j'espère que tu m'entends ! Vous avez réussi à faire des gosses, là-bas ? Oh oui, sûrement ! De bons petits, qui vont vivre longtemps dans le bonheur ! C'est ce que je vous souhaite… Nous, on en a eu, mais… Mais je t'ai déjà parlé de ça, je crois ?

« Attends, j'ai un petit papier où j'ai noté tout ce que je voulais te dire. Mais où est-ce que je l'ai mis ? [Bruits de papier froissé…] Ce n'est pas ça… [Bruits de papier encore…] *Goddamn, fucking paper!* Anatoli, je l'ai, l'*overfull,* et je l'ai bien ! D'ailleurs, c'est obligatoire. Je suis né en… Je suis né en… Anatoli, je ne sais même plus en quelle année je suis né !

[Sanglots…]

« En tout cas, nous sommes maintenant cent trente-cinq à bord de *Double H. Double H*… Triple merde, oui ! La semaine dernière... Euh, le mois dernier... Enfin ces cons-là, les gosses, je veux dire, à force de toucher à tout, ils ont mis en marche les rétrofusées d'atterrissage. Je les ai arrêtées aussitôt, et je les ai désactivées, mais c'était sûrement trop tard. Vu la distance qui nous sépare de la cible, cette petite impulsion va nous faire passer complètement à côté. Moi, remarque, je m'en fous, je serai mort bien avant d'arriver, de toute façon. Mais eux, les gosses, ils vont partir dans le décor... Bah ! De toute façon, eux aussi ils auraient été morts avant d'atterrir ! Déjà l'épurateur d'atmosphère est en limite de capacité... et je ne parle pas des réserves alimentaires. On est foutus, Anatoli ! on est foutus... »

[Touu-wit !]

« Cet enregistrement se passe hélas de commentaires. L'équipage, si on peut l'appeler ainsi, allait mourir, était mort probablement à l'époque où nous recevions ce message. Et de toute façon, *Double H* n'atteindrait jamais Iso –1 ! Mon périple jusqu'ici avait trouvé ce jour-là sa justification : je savais définitivement à quoi m'en tenir quant au deuxième H de *Double H* ! Malheureusement le message d'Hubertin, ainsi que les suivants, qui se faisaient de plus en plus incohérents au fil du temps, nous donnaient la plus décevante des réponses...

« Je ne peux pas exprimer à quel point je fus affecté par la triste fin des timonautes et de leurs descendants. Un sentiment de solitude infinie s'empara de moi. Je m'enfermai dans ma chambre et refusai d'en sortir pendant une période que je ne pourrais pas préciser. Je serais sans doute mort de faim, prostré dans cet état de désespoir sans fond, si mes femmes n'avaient pas décidé de passer à l'action. Elles défoncèrent ma porte, avec l'aide des deux seuls autres survivants mâles de la station et me soignèrent, je dois dire, avec dévouement.

« Et après tout, n'avaient-elles pas raison d'agir ainsi ? La perte des derniers humains féconds étant désormais certaine, nous redevenions, par le fait même, le seul et dernier espoir de L'Humanité, aussi ténu fût-il… C'est pourquoi depuis lors, et malgré le dégoût croissant qui monte en moi, je m'applique à essayer d'engrosser mes cinq compagnes jusqu'à la limite de mes forces, et même un peu au-delà.

« Mais il faut bien avouer que je n'y crois plus. Dix années se sont encore écoulées depuis le premier message d'Hubertin, et nous ne sommes maintenant plus que six à la puña de Licancabur. Les deux survivants que je viens d'évoquer ont été euthanasiés par Godiva. Je m'y étais opposé dans un premier temps, mais notre situation critique ne nous permet effectivement pas de nous encombrer de bouches inutiles. Oryana elle-même commence à montrer les premiers symptômes de mathusalem, et je pense que Godiva ne va pas tarder à lui régler son compte…

« Pendant ces dix dernières années, j'ai essayé par tous les moyens de m'accrocher à un espoir.

« Du côté de *Double H,* c'était fini. Si les messages d'Hubertin Mérine nous étaient parvenus plus tôt, nous aurions peut-être pu tenter un rattrapage de leur trajectoire grâce aux rétrofusées. Mais ce qui aurait déjà été très difficile avec une infrastructure au sol en ordre de marche devenait complètement impossible avec nos moyens humains dérisoires. Et en admettant même que c'eût été possible, la nef des fous qu'était devenue *Double H* marchait de toute façon vers son naufrage, d'une manière ou de l'autre.

« Ici, sur Terre, qu'en était-il ? À part un nouvel exploit de mon testicule survivant, aucun espoir non plus ! Il existait peut-être de-ci de-là quelques communautés comme la nôtre, mais quelles chances avaient-elles d'abriter un couple fécond ? Si un tel couple avait existé, il y a bien longtemps que les autorités néo-intègres l'auraient déniché, et tous les efforts déployés autour de ma personne au Legazpi, puis à Bora-Bora, n'auraient pas eu de raison d'être… Nous étions donc presque certainement le seul noyau potentiellement fécond *de l'Univers* !

« Et pourtant, non ! Cette affirmation n'était vraie que dans l'univers spatial ou, pour mieux dire, dans notre spire temporelle. Dans l'espace-temps, la réalité est tout autre : en effet, sur Iso –1, Iso –2, etc., la vie existait, sinon l'Humanité. Sur Iso –1, en tout cas, d'après les travaux de Tienlin et de ses successeurs, nos ancêtres sont là, *vous* êtes là… Enfin, je veux le croire.

« Or nous avions toujours à notre disposition ce gigantesque émetteur-récepteur, désormais inutile. Inutile parce que tout nouveau message de notre part n'atteindrait jamais *Double H* avant la mort de ses occupants et parce qu'en retour nous ne recevions plus que les inepties sans nom des pauvres « gosses » d'Hubertin. Mais nous pouvions viser une autre cible, et cette autre cible, c'était Iso –1, c'était vous ! Je savais que si je dirigeais mon émetteur directionnel vers votre planète, qui fut aussi la mienne, ce message parviendrait inéluctablement à son but deux cent dix-sept années plus tard.

« Reste à espérer que vous pourrez le capter, le comprendre… et en tirer profit. La chaîne des probabilités est bien frêle, et mes chances de succès sont voisines de zéro, j'en conviens. Mais que puis-je faire d'autre ?

[Silence, entrecoupé de sanglots…]

« Si vous me recevez, répondez-moi s'il vous plaît, même

si dans quatre cent trente-quatre ans, j'ai toutes les chances d'être mort moi aussi… Mais surtout, surtout, tirez les leçons de nos erreurs. Ne jouez pas avec notre code génétique ! Ne rentrez pas dans l'infernal mécanisme qui nous a conduits à l'extinction !

[Silence…]

« Je sais bien que mon message finira comme *Double H,* et qu'il ne sert à rien, puisque votre destin est écrit. Tout ce que je viens de vous raconter *s'est déjà passé,* et vous ne pouvez avoir deux avenirs. Il est donc absolument certain que je ne vous atteindrai pas ! Ou alors… Ou alors quoi ?…

[Silence…]

« Mais tant pis, c'est l'honneur de l'Homme de se battre quand même, et c'était mon devoir de tenter de vous mettre en garde. Je l'ai fait…

« Au secours ! *Help! Socorro! Hilfe!*

« *My name is Anatoli Le Fur, and this message…* »

[Touu-wit !]

C'était Pascal Baüy qui avait coupé le son. Les trois hommes se regardaient sans un mot, abasourdis par ce qu'ils venaient d'entendre.

Côme Abahoumba rompit le premier le silence :

– C'est un canular ?

– Oui, répondit Pascal Baüy, et les plaisantins ont fait le voyage jusqu'à HIP 56948g pour nous adresser ce message !

Un nouveau silence suivit cette remarque de bon sens. C'est Hartmut Tausend qui le rompit cette fois-ci :

– Que faut-il faire ?

Après un temps de réflexion, Pascal répondit :

– Comme Le Fur l'a dit lui-même, si nous lui répondons, notre message ne lui parviendra pas avant deux cent dix-sept ans. Il est possible qu'il soit encore vivant à cette époque, mais ce n'est pas sûr. D'ailleurs ce que nous écoutions a déjà deux cent dix-sept ans, et Le Fur est peut-être *déjà* mort…

– En tout cas, remarqua Côme Abahoumba, s'il est vivant et qu'il nous répond à son tour, nous, nous serons morts !

– À moins…, corrigea Hartmut Tausend, non, j'allais dire : à moins que nous vivions assez vieux pour être intrajectés, mais il me semble que les intrajections ont eu lieu bien après la naissance de Le Fur…

– Notre ami Hartmut a tout compris ! s'offusqua Côme.

Le Fur vient de nous expliquer sur tous les tons qu'il fallait éviter ça, et Monsieur ne pense déjà qu'à se faire intra-jecter !

– Tu as raison, Côme, renchérit Pascal Baüy, il faut faire connaître tout ça le plus rapidement possible, pour éviter ces catastrophes à venir !

– Mais Pascal, qu'est-ce que tu dis ? Nous ne sommes pas dans *Terminator,* où ce qui s'est passé dans le futur peut être modifié par ce qui va se passer dans le présent !

La phrase du petit Béninois était une perle d'absurdité, mais résumait bien la situation.

– Oui, concéda Pascal Baüy, mais on peut au moins faire connaître à la communauté scientifique, aux astrophysiciens en particulier, la structure sphérique de l'univers, et cette étonnante spirale du temps. Ça fera gagner un temps fou à la recherche.

– Mais non ! asséna abruptement Hartmut Tausend.

– Comment ça ?

– Anatoli Le Fur nous dit que cette découverte date – datera ?… – de…, de quand déjà ?

– De 2733, compléta Côme Abahoumba, qui avait une mémoire tout à fait exceptionnelle.

Le Berlinois continua :

– Bien, de 2733. Or nous sommes en 2030. Tu ne modifieras pas le futur, Pascal. Comme dit Côme, nous ne sommes pas dans *Terminator* !

– Et pourtant, qu'est-ce qui pourrait m'empêcher de communiquer cette nouvelle à mes collègues astrophysiciens ?

Les dernières paroles de Pascal Baüy furent couvertes par une terrible déflagration, qui fit voler en éclats les vitres de l'auditorium ! Les trois scientifiques, couverts de débris de verre, le visage et les mains rougis de micro-coupures, les oreilles assourdies par l'explosion s'entre-regardaient, plus étonnés encore qu'effrayés.

La frayeur allait venir.

Par les ouvertures désormais béantes, ils purent réaliser avec horreur que la réponse à la question de Pascal Baüy serait sur eux dans quelques secondes : une nuée ardente descendait les flancs du Licancabur à une vitesse fulgurante ! Ce même phénomène qui avait englouti Pompéï, Saint-Pierre de la Martinique, ou causé la mort des Kraft au mont Unzen, se reproduisait ici sous les yeux incrédules des trois hommes. Hatmut Tausend se recroquevilla sous un bureau. Côme Abahoumba partit en courant, criant :

– Cours, Pascal, cours !

Mais Pascal, fasciné par le nuage tourbillonnant, qui semblait animé d'une vie propre, ne réalisait que trop bien que toute fuite était vouée à l'échec. Il allait mourir, c'était inéluctable, c'était maintenant certain, et il ne pouvait pas détacher son regard de cette masse mouvante, terrifiante et pourtant belle, si belle ! Côme Abahoumba était déjà dehors. Il avait atteint un pick-up, et cherchait désespérément la clé, qui n'était pas sur le contact. Curieusement, la coulée pyroclastique l'atteignit quelques fractions de secondes avant Pascal. L'essence du pick-up s'embrasa aussitôt. Le petit Béninois disparut dans une gigantesque flamme en champignon, comme dans les films holywoodiens. Pascal eut même le temps de penser : « Eh si, Côme, nous sommes bien dans *Terminator* ! »

Un horrible sentiment de brûlure l'envahit au moment où le nuage l'engloutissait à son tour.

FIN

Notes

(1) *Technische Universität.*

(2) Essai de reconstitution du dessin tel qu'il pouvait figurer dans l'article de Narushaël Tienlin, exécuté d'après la description assez précise d'Anatoli Le Fur :

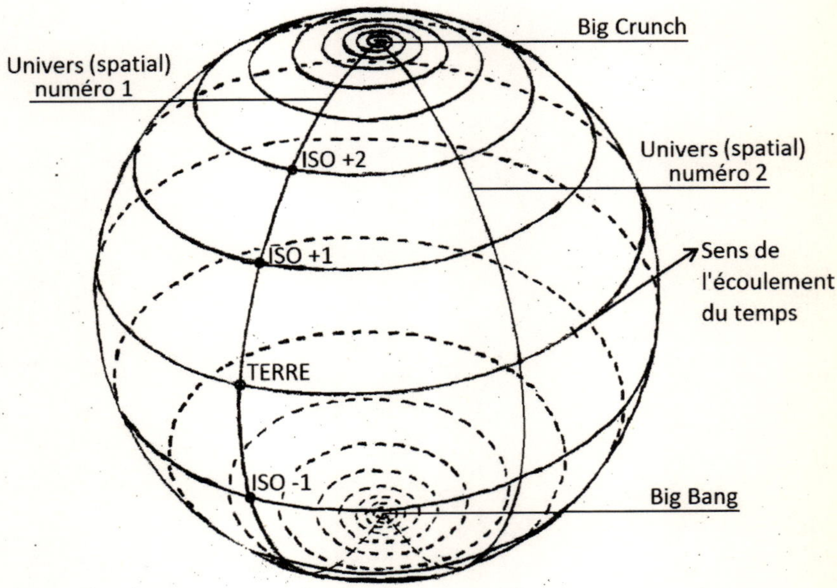

(Dessin de l'auteur)

Cet ouvrage a été achevé d'imprimer
par Pulsio.net, France en octobre 2015
Imprimé en UE

Dépôt légal : octobre 2015